潮骚

[日] 三岛由纪夫 著
汤丽珍 译

中国出版集团 现代出版社

第一章

歌岛是个小岛，人口一千四百人，周长不到四公里。

岛上有两处最佳赏景点。其一是八代神社，位于歌岛之巅附近，面向西北方向而建。

歌岛坐落于伊势湾湾口，从神社远眺，可将伊势海面风光尽收眼底。北面紧邻知多半岛，渥美半岛自东而北逶迤连绵。西面依稀可见从宇治山田延伸至津市[①] 乃至四日市[②] 一带的海岸线。

登上二百级石阶，站在由一对石狮子镇守的鸟居[③] 前回首眺望，入眼的是远景环拥下依然保持着远古风情的伊势海。此处原本长着一株枝叶交错、形似鸟居的“鸟居松”，为远景

---

① 津市，位于日本三重县中部的港口城市，是三重县县厅所在地。
② 四日市，日本三重县最大的城市，面临伊势湾，因早期每月四日开放集市而得此名。
③ 鸟居，日本神社附属建筑，代表神域的入口。类似中国牌坊。

添了一幅饶有意趣的画框，可惜已于数年前枯死。

松叶绿意尚浅，而近岸的海面早已被春日的海藻染上朱红色。来自西北的季风从津市的港口源源不断地吹来，为赏景人添了几分寒凉之意。

八代神社供奉的是海神绵津见。这种对海神的信仰，自然而然地萌生于渔民们的日常生活之中，他们无时无刻不在祈祷着海上的安宁。若遭遇海难后有幸生还，来这座神社供纳香资便是头等大事。

八代神社有六十六面铜镜，被尊为至宝。既有 8 世纪前后的葡萄镜，也有日本仅存十五六面的中国六朝时代铜镜的仿制品。铜镜背面雕刻的鹿和松鼠来自远古时代的波斯森林，它们走过漫长的陆路，越过辽阔的重洋，穿过半个地球而来，最终定居在这座小岛上。

另一处最佳赏景点是建于歌岛东山之巅附近的灯塔。

灯塔耸立的断崖下方，伊良湖水道① 的海流轰鸣声声不绝。这道狭窄的海峡连接着伊势海和太平洋，风起时，总要卷起几个漩涡。渥美半岛的尖端隔着航道直逼眼前；这片乱石

① 伊良湖水道，位于爱知县的伊良湖岬和三重县鸟羽市的神岛之间长达 4.4 公里的海峡。

从生的荒凉海滩上，耸立着伊良湖岬[1] 的无人小灯塔。

自歌岛灯塔向东南方向望去，太平洋的一角映入眼帘。往东北望去，在西风强劲的拂晓，有时能隔着渥美湾的群岭窥见远方的富士山。

进出名古屋和四日市港口的轮船穿梭在伊势湾内至外海的无数渔船之间。它们经过伊良湖水道时，灯塔员便通过望远镜观察，迅速读取船名。

三井海运的货轮——一千九百吨位的十胜丸[2] 进入视野。望远镜里，两位身穿蓝色工作服的船员正一边原地踏步一边交谈。

少许，又有一艘英国轮船——塔利斯曼号驶入港口。主甲板上，船员玩套圈游戏的身姿渺小而清晰。

灯塔员转向值班室的桌前，在船舶通行记录表上填写船名、信号电码、通过时间和方向，并编成电报发送出去。多亏了这一封封电报，港口的货主们才得以早早做好接货准备。

午后日渐西沉，在东山的遮蔽下，灯塔附近变得晦暗。

① 伊良湖岬，位于爱知县渥美半岛西南端、突入海中的尖形陆地。
② 日本多以“丸”字命名船舶。

老鹰在明亮的海面上空盘旋。它在高空中试探性地不断扑扇着双翼，眼见它摆出一副俯冲直下之势，却身形一顿，又陡然凌空急退，翱翔天际。

日暮时分，村里走来一位年轻的渔夫，手提一条硕大的比目鱼，大步流星地沿着上山路，直奔灯塔而去。

青年前年刚从新制中学毕业，年方十八。身材高挑，体格健壮，唯有脸上未脱的稚气与年龄相称。他的皮肤已晒得不能更黝黑，嘴唇皲裂，挺拔的鼻梁颇有歌岛人特色。漆黑的眼眸清亮澄净，但那只是以海为生的人自大海获得的馈赠，绝非知性光芒的闪耀。在校期间，他的成绩惨不忍睹。

他还穿着今天打了一整天渔的工作服，那是父亲生前的裤子和粗糙的夹克。

青年已经穿过静寂的小学校园，登上水车旁边的山坡，沿着石阶拾级而上，到了八代神社后头。神社的庭院里，薄暮笼罩下的桃花看上去白晃晃的。到了这儿，只需攀爬不到十分钟，便能抵达灯塔。

那条山路着实崎岖，若是没走惯的人，大白天里跌上几跤也很正常。而青年就算闭着眼睛，他的脚也能分辨出松树根和岩石，走出一条路来。即便是眼下这样心事重重地走着，他也不会被绊倒。

方才，趁着天边还有一丝斜阳的余晖，青年所乘坐的太平丸返回了歌岛港。青年和船主还有另外一位朋友，每天都坐着这艘带马达的小船一起出海捕鱼。回港后，他将渔获搬上合作社的船，将小船拖上岸，拎上一条准备送往灯塔长家的比目鱼，打算先回自家一趟。他沿着海滩一路走来时，暮色渐深的海滩依然一派喧嚣，渔夫们将渔船拖上海滩的号子声此起彼伏。

有位面生的少女，将一个名叫“算盘”[①]的坚固木架杵在沙滩上，正倚靠在上面休息。那木架是拖渔船上岸的工具，用卷扬机拉起船只时，将木架卡在船底，渔船便会一点点地被拖上岸。看来，少女似乎刚用它拖完船，正小憩片刻。

她的额头渗出细汗，面颊红扑扑的。凛冽的西风相当强劲，而少女却任由因劳作而发热的脸庞裸露在风中，秀发飘扬，似乎乐在其中。她穿着棉坎肩和灯笼裤，手上戴着一副脏兮兮的劳保手套。健康的肤色和别的女子似乎并无两样，但她眼神清亮，眉宇娴静。少女目不转睛地凝望着西面的大

① 此处的算盘是指一种用绞车拖拉渔船的方形木框，用于垫在船底减少摩擦。

海。彼处，一缕夕阳的红霞正渐渐没入黑压压的云层。

青年从未见过这张面孔，按理说歌岛上应该没有他不认识的人。若是外乡人，他只消一眼便认得出。然而，看少女的打扮不像外乡人。只是那独自凝望着海面出神的模样，不同于岛上那些快乐的女人们。

青年故意从少女眼前走过，在她面前停下，就像小孩端详稀奇物品一样，直勾勾地盯着她看。少女眉头微蹙，依然目不转睛地望着海面，瞅都不瞅青年一眼。

沉默寡言的青年“审视”完毕，便匆匆离开了。那时的他，只是隐隐体会到一种好奇心得到满足的幸福感。而这种失礼的“审视”行为使他的脸庞染上愧色，却是在良久之后，即他开始登上通往灯塔的山路之时。

青年透过路边成排的松树间隙，凝视着眼下轰鸣阵阵、波涛汹涌的海面。月出前，海面黑茫茫的。

拐过传说中会迎头碰上高个子女妖的“女儿坡”，灯塔那又高又亮的窗户映入眼帘。那道耀眼的灯光刺得青年的眼睛发疼。因为村里的发电机已坏了许久，全村只能见到油灯的光。

像这样时不时给灯塔长送鱼，是为了感谢灯塔长的恩情。

听说青年从新制中学毕业那年，因为考试不及格，差点就被留级一年了。他母亲因为经常去灯塔附近捡松叶用来点火，一来二去的和灯塔长的太太熟络起来。母亲对太太诉苦，说若是儿子留级毕不了业，家里的生计就维持不下去了。太太对灯塔长说起这事后，灯塔长便去见了私交甚好的校长。在他的仗义相助下，青年逃过留级的命运，得以顺利毕业。

毕业后，青年便开始出海捕鱼。他时不时给灯塔长家送点海鲜，帮忙跑跑腿买东西。因此，深得灯塔长夫妇疼爱。

灯塔长的官舍建在上灯塔的混凝土台阶前，紧挨着一小片田地。厨房的玻璃门上映出了太太晃动的身影，看样子正在准备晚餐。青年站在外头打了声招呼，太太应声开门。

“啊，是新治呀。”

接过青年默默递过来的比目鱼，太太扯开嗓子喊道：

“孩子她爸！久保家送鱼来啦。”

屋里传来灯塔长朴实的回应声。

“总是麻烦你，谢谢！快进来吧，新治。”

青年站在厨房门口，有些害羞。比目鱼已被搁到一个白色大瓷碟上，微微翕动的鱼鳃里流出鲜血，渗入鱼身那白嫩、柔滑的肌肤里。

第二章

次日一早，新治也乘上老板的船出海捕鱼去了。海面映照着黎明时分微微荫翳的天空，入眼一片白茫茫的景象。

到渔场路程大约需要一小时。新治身穿夹克，胸前系着过膝的黑色橡胶围裙，手上戴着长款橡胶手套。他站在船头，沿着船前行方向凝望着灰蒙蒙的天空下的太平洋，回想起昨晚从灯塔回家直到入睡前的经历。

在那个锅灶旁边吊着昏暗油灯的小屋内，母亲和弟弟正等着新治回来。弟弟十二岁了。从战争最后一年父亲死于机枪扫射那时起，直到新治能出海捕鱼为止的这几年，全靠母亲一人当海女[①] 的收入来维持全家的生计。

---

① 海女，潜入海底捕捞鱼贝类、海藻类为生的女性渔民，尤指不使用呼吸器和其他潜水设备、徒手下潜的女性。

“灯塔长很高兴吧？”

“嗯，他还叫我进屋，请我喝了一种叫‘可可’的东西。”

“可可是什么？”

“就是西洋的年糕红豆汤吧。”

母亲对烹饪一窍不通，她只知道做生鱼片或醋拌凉菜，要不就整条鱼拿去烧烤或者炖煮。盘子里盛着新治捕捞回来的小眼绿鳍鱼，是整条炖煮的，也没洗干净就下锅了，嚼着鱼肉时，牙齿还能时不时咬到沙子。

新治巴望着能在饭桌上听到母亲谈及那位陌生的少女的事，偏偏母亲又是个不喜欢抱怨也不爱背后议论别人的人。

饭后，新治带弟弟去公共澡堂洗澡，期待着能在洗澡的时候听些传闻。因为时间已晚，澡堂子空荡荡的，洗澡水也脏兮兮的。天花板上回响着粗犷的破锣嗓音，原来是渔业合作社社长和邮局局长泡在大池子里，正高谈阔论政治问题。兄弟俩点头致意，进到池子的角落里。不管如何拉长了耳朵听，二人那番政治评论始终没转向少女的话题。在此期间，弟弟很快就出去了，新治也只好跟着出去。一问，才知道原来弟弟阿宏今天玩刀剑游戏时，将刀砸在了社长儿子的头上，把人家弄哭了。

当晚发生了一件怪事。平日里一沾枕头就睡着的新治，上床后却一直辗转反侧睡不着。这位从未生过病的青年开始担心起来，自己莫不是生病了吧？

这种莫名的不安，一直持续到了今早。新治站在船头，面前是一望无垠的大海。一看到这大海，每天熟悉的劳动活力便充溢全身，内心不由得安适起来。船身随着发动机的震动微微颤抖，凛冽的晨风扑打着青年的脸。

右方断崖上，高耸的灯塔发出的灯光已熄灭。早春的森林是褐色的，下方的伊良湖水道波涛汹涌，飞溅的水沫在昏暗的晨景中划出一道道亮眼的白色来。在老板娴熟的摇橹操作下，太平丸已顺利穿过漩涡翻卷的海峡。若是大船要通过这道海峡，必须穿过两座总是水花四溅的暗礁之间的狭窄航道。航道水深八十寻[①] 至一百寻间，而暗礁之上水深仅十三寻至二十寻。从航道标识一带通往太平洋的方向，水下沉着无数个捕章鱼的陶罐。

在歌岛全年的海产捕捞量中，章鱼占了八成。十一月开始的章鱼捕捞季已经接近尾声，春分时节开始的墨鱼捕捞季

① 寻，日本惯用长度单位，以成人双臂伸直时左右手的中指到中指之间的距离为基准，1寻约5尺（约1.5米）至6尺（约1.8米）。用于绳索、鱼线的长度或水深时。

即将拉开序幕。伊势海水凉，章鱼都会躲到太平洋的深海处避寒，用捕章鱼罐来“守株待兔”地捕捉这种所谓“落蛸”的季节已结束了。

对老练的渔夫而言，歌岛靠太平洋一侧的浅海就如自家后院一般，他们对每一寸海底地形都了如指掌。

“要是不熟悉海底，我们就像盲人按摩一样，两眼一抹黑了。”

大家纷纷表示。他们用罗盘针辨别方向，对照远处海角的山峦，根据落差把握渔船的位置。知道了渔船的位置，也就摸清了海底的地形。分别拴着一百多个捕章鱼罐的缆绳分成数列，井然有序地排在海底。每段缆绳上都绑着大量浮标，伴着潮起潮落不停地漂动着。捕鱼技术则由老练的船老大一手掌握，他既是船主，又是老板。至于新治和另一位青年龙二，只管埋头干适合自己的体力活。

船老大名叫大山十吉，一张脸仿佛被海风千揉万捻过的皮子，甚至连皱纹深处都被晒黑了。他手上那些污痕究竟是渗入肌肤褶皱的污垢，还是过去捕鱼时落下的伤痕，早已无从分辨。他是个不大爱笑的人，总是沉着冷静，虽说指挥捕捞时会扯着大嗓门呼喊，但从不会因为发怒而大喊大叫。

在捕捞过程中，十吉一般不会离开摇橹处，他用单手操控着发动机。到了外海，发现刚才没有见到的众多渔船都聚集在那儿，大家互相寒暄一番。十吉将油门降了下来，一到自己的渔场，便示意新治将传送带套在发动机上，再缠绕在船舷的滚轴上。渔船沿着捕章鱼罐的缆绳徐徐前行期间，滚轴带动船舷外侧的滑轮转起来，两位青年将捕章鱼罐的缆绳挂在滑轮上，交替着往上拽。这个动作必须持续不断地进行，否则绳索容易滑脱，而且要将饱含海水后变得沉重的绳索从海里拉出来，也需要人工出力。

水平线上，云彩笼罩在微弱的阳光下。两三只鱼鹰游弋在海上，长长的脖子探出水面。放眼望向歌岛，发现成群栖息的鱼鹰留下的粪便已将朝南的断崖染得雪白。

寒风刺骨。新治将绳索缠在滑轮上，同时盯着深蓝的海水，从中感受到了即将让自己大汗淋漓的劳动的活力喷涌而至。滑轮开始转动，湿漉漉、沉甸甸的缆绳从海里上来了。隔着手套上的那层橡胶，新治的手紧握着冰凉结实的绳索。

被捯上来的绳索通过滑轮时，向四周迸射出冰雨般的水珠。

紧接着，出水的捕章鱼罐露出它那土红色的庐山真面目。龙二早已严阵以待，若是罐中空空如也，便在罐子碰到滑轮前迅速倒空罐中的海水，再任它随着绳索沉入海中。

新治分腿站立，一只脚踏在船头，似乎正在和海里的某种东西进行着漫长的拔河比赛，绳索不停地从他手中捯过。新治赢了，实际上大海也没输，仿佛在嘲笑他一般，接连不断地将空罐送过来。

间隔七米到十米不等的捕章鱼罐已有二十几个都是空空如也的了。新治捯着绳索。龙二倒着罐中的海水。十吉则不动声色，用手把着橹，默默地注视着青年们的动作。

新治的后背已渐渐渗出汗水。晨风拂过的额头上，汗珠闪闪发亮。脸上火辣辣的。阳光终于穿透云层，照在青年们朝气蓬勃的身姿上，将淡淡的影子投射到他们脚下。

龙二没有朝向大海，他将拉上来的捕章鱼罐面向船内侧倒扣过来。十吉停下了滑轮，新治这才低头看向陶罐。龙二抄起一根木棍往罐里戳，里面的东西竟然不肯出来。接着，他再用木棍在罐中胡乱捅了一通，章鱼这才像午觉睡得正香时被弄醒的人一般，不情不愿地滑了出来，整个身体都扒拉在船板上。发动机舱前的大鱼槽盖被弹开，今天的第一个收获落入槽底，发出钝响。

一整个上午，太平丸几乎都在捕章鱼中度过。收获仅有五只。风停歇了，阳光明媚。太平丸穿过伊良湖水道回到伊势海域。他们要在那儿的禁渔区偷偷地拉网耙鱼。

拉网耙鱼，就是将结实的鱼钩串起来，开着船前行，让鱼钩像钉耙一样在海底扫荡的捕鱼法。将装有鱼钩的数条绳索平行扎在缆绳上，再将缆绳水平地沉入海中。过一会儿后，提起缆绳，四条牛尾鱼和三条牛舌鱼跳出水面。新治徒手将鱼从鱼钩上解了下来。牛尾鱼露出雪白的肚皮，瘫倒在满是鱼血的甲板上。比目鱼那藏在皱褶中的小眼睛和那漆黑而湿润的身体倒映着碧空。

午饭时间到了。十吉将捕捞到的牛尾鱼搁在发动机盖上，切成生鱼片，分到三人的铝饭盒盖上，并淋上用小瓶装来的酱油。三人捧起了饭盒，饭盒里装的是麦饭，角落里塞了两三片腌萝卜。渔船则任它在舒缓的波浪中摇荡。

“宫田家的照爷把女儿叫回来了，你们知道吗？”十吉冷不防冒出一句话。

“不知道。”

“不知道。”

两个青年摇摇头。十吉便说了起来：

“照爷家有四个女儿一个儿子，女儿太多了，就嫁出去三个，一个送人当养女去了。就是最小那个叫初江的姑娘，被志摩老崎的海女收养了。可是呀，唯一的儿子松哥去年害肺病死了，留下照爷一个孤老头子，一下子就觉得寂寞了。于是把初江叫回来，恢复了户籍，打算招个上门女婿呢！初江已经长成标致的大姑娘了，小伙子们可都想着去入赘，厉害吧？你们俩怎么样啊？”

新治和龙二相视而笑。两人都羞红了脸，不过肤色晒得太黑，也看不出红晕来。

在新治心中，话题里的姑娘和自己昨天在海边见到的姑娘的影像已经完全重合起来。但同时，一想到自己的一贫如洗，他的信心便消失到了九霄云外。他意识到，自己与昨天在近处端详的姑娘相隔着十万八千里。因为宫田照吉是有钱人，是山川运输公司两艘机帆船——一百八十五吨歌岛丸和九十五吨春风丸的船主，也是个出了名的爱训人的厉害角色，骂起人来，满头狮子鬃毛般的白发都会竖起来。

新治的想法向来很现实。他一直认为自己今年才十八岁，还不到考虑女人问题的年纪。城里的少年很容易受到各种刺激，而歌岛的环境不同，既没有一家弹子球店，也没有一家酒吧，更没有一个陪酒女。这位小伙子朴素的梦想就是将来拥有自己的机帆船，和弟弟一起从事沿海运输。

新治的周围是一望无垠的大海，可他从未有过不切实际的海外雄飞的空想。在渔民的观念中，大海就像农民所拥有的土地。大海是他们讨生活的地方，是一片没有稻穗和麦穗的田地，白花花的“浪穗”变换着形状，在清一色的蔚蓝而敏感的柔土上不断翻卷着。

话虽如此，那天捕鱼结束时，青年眺望着水平线上一艘迎着晚霞疾驰而来的白色货船，心里涌起一股奇妙的感动。世界以一种他从未想过的巨大规模，自远方迫近。这种未知世界的印象，仿佛远处的雷鸣，远远地轰响袭来随后又销声匿迹。

船头的甲板上，一只小小的海星已被晒干。坐在船头的青年将视线从晚霞上挪开，轻轻甩了甩缠着白色厚毛巾的脑袋。

第三章

当晚，新治去了“青年会”的例会。以前青年们之间有个被称为“寝屋”的集训制度，后来改成了这个名字。如今依然有不少青年不爱在自家睡，反倒喜欢睡在海边那个毫无情趣的小屋里。他们在那里一本正经地围绕着教育、卫生、海上救助以及传统的男青年项目——舞狮子、盂兰盆舞等展开热火朝天的争论。只要待在那里，他们就觉得自己和公共生活息息相关，可以品味青年所肩负的责任那令人愉悦的分量。

海风将支棱起来的护窗板吹得呜呜作响，油灯的火光摇曳，忽明忽暗。小屋外，夜间的大海近在咫尺，海潮的阵阵轰鸣声总是对着斑驳灯影晕映下小伙子们那欢乐的面孔，倾诉着大自然的躁动和力量。

新治进门时，油灯下一个青年正趴着让朋友用有点生锈的推子给他理发。新治微微一笑，靠墙坐下，抱着膝盖。他总是这样默默地倾听着别人的意见。

青年们高声笑着互相炫耀当天出海的收获，毫不客气地互相谩骂。爱看书的青年努力阅读着这里常备的过期杂志；有人则以同样的热情沉浸在漫画中，用和年龄不相称的骨节粗壮的手按住书页，有时看不懂某一页的笑话，思索两三分钟后才会心大笑。

在这里，新治也听到了那位少女的传闻。一个齿列不齐的少年咧着大嘴笑道：

“话说这初江哪……”

他的一番话，新治的耳朵仅接收到了只言片语。后半截混在别人的欢声笑语里，听不清楚。

新治曾是个从不思考的少年。然而，初江这个名字却像一道难题，使他的内心饱受煎熬。光是听到她的名字，他就面红心跳。自己明明只是安静地坐着不动，却出现了只有剧烈劳动时才会有的生理反应，令他感觉毛骨悚然。他伸出手掌在自己脸上贴了贴，那滚烫的脸颊仿佛变成了别人的脸。一种自己都说不清道不明的东西挫伤了他的自尊，恼怒更是使他的脸颊变得通红。

大家就这样等待支部长川本安夫的到来。安夫才十九岁，但因为出生村里的名门，自带一股号召力。年纪轻轻就已学会摆谱，每逢集会必然姗姗来迟。

屋门被大大咧咧地推开，安夫走了进来。他身材肥胖，遗传了他那酒鬼父亲的红脸。虽然不至于招人厌，但稀疏的眉毛显出几分狡猾相。他麻溜地操着一口标准话说道：

“我来晚了，十分抱歉。接下来，我们开始讨论下个月的活动。”

话音刚落，安夫便坐在桌子前打开了笔记本。不知为什么，他显得急匆匆的。

“以前的计划是，嗯，就是举办敬老会和运石料整修农用道路。另外，接到村民会的委托，再加一个清理下航道消除鼠患。这些嘛，嗯，都要在天气不好不能出海的日子里做。抓老鼠什么时候都行。你就是在下航道以外的地方打死了老鼠，派驻警察也不会抓你啦！”

大家哄堂大笑。

“啊哈哈哈……说得好！说得好！”有人起哄道。

有人提议请校医举办卫生讲座，也有人建议举办讲演比赛等，但旧历新年刚过，青年们对举办活动已有些厌倦，因而并未积极响应这些提案。接着进入誊写版印刷的机关杂志——《孤岛》的集体评论会，爱读书的青年引用了几句据称是魏尔伦[①] 的诗作为随想的结尾，成为大家攻击的靶子。

我那莫名悲哀的心，

不知为何，

战战兢兢地展开疯狂的双翼，

在大海的中心翱翔起舞……

“什么叫‘战战兢兢地’？”

“‘战战兢兢地’就是‘战战兢兢地’呗！”

“你弄错了，应该是‘慌慌张张地’才对吧？”

“对啊对啊！应该是‘慌慌张张地展开疯狂的双翼’，这样才通顺。”

“魏尔伦是谁？”

“法国的伟大诗人啊！”

“什么呀！鬼认识他呀！你是从哪首流行歌里抄来的吧？”

---

① 保尔·魏尔伦（1844—1896），法国象征派诗人，代表作《忧郁诗章》《智慧集》《平行集》等。

例会总是如此，在你一言我一语的互相吐槽中结束。支部长安夫匆匆离开，一头雾水的新治逮住一个朋友打探原因。

“你不知道吗？”朋友说道，“宫田照爷家里邀请他去参加庆祝女儿回来的宴会了。”

新治并未受到邀请。不一会儿，平日里总是和朋友有说有笑地回家的他独自溜了出来，沿着海滩走向八代神社的石阶。他从密密麻麻地建在斜坡上的房子堆里，找到了宫田家的灯光。村里家家户户点的都是油灯。虽然看不见宴会上的情景，但新治却能感觉到油灯那敏感的火苗无疑正照耀着少女那娴静的眉毛和修长的睫毛，在她脸上投射下摇曳不止的影子。

新治来到石阶下，抬头仰望松影斑驳下二百多级的白色石阶。他沿石阶拾级而上，木屐弹出清脆的响声。神社周围不见人影，神官家里的灯火也已熄灭。

新治一口气爬完二百多级石阶，气不喘色不变。他站在神社前，谦恭地俯下厚实的胸脯以示敬意。新治往功德箱里投了十日元硬币，咬咬牙又投了一枚十日元的硬币。他击掌合十，声音响彻整个庭院。同时，他在心里默默祈祷着：

“神啊，请保佑海上风平浪静，出海满载而归，村子日日兴旺！我虽然还年少，但求神明保佑我有朝一日能成长为能独当一面的渔夫，成为对大海、鱼儿、渔船、天气等无所不知、无所不通的行家。请保佑我的慈母和幼弟；在海女下海的季节，请保佑母亲免遭一切灾祸……还有个不情之请，那就是保佑我这样的人，有朝一日也能娶上温柔漂亮的媳妇……就像宫田照吉家接回来的姑娘那样的……”

一阵风吹来，松树的枝头簌簌作响。风吹至昏暗的神社深处，发出庄严肃穆的回响，海神似乎欣然嘉许了青年的祈愿。

新治仰望星空，做了个深呼吸，心里犯起了嘀咕：

“这样任性的祈祷，神明听了会不会怪罪我呀？”

第四章

四五天后，迎来了大风天。巨浪越过歌岛港的防波堤，扬起高高的水花。放眼望去，海面处处白浪掀天。

天气虽然晴朗，但因为暴风，全村休渔。母亲便给新治安排了一件差事——请新治上午完成青年会的石材搬运工作后，将她在山上捡的柴火运回来。柴火藏在山上的陆军观测所旧址里，母亲收集的那份用红布条捆好了。

新治背着装柴火用的木框出了门。去取柴火的路要经过灯塔。一拐过“女儿坡”，风居然奇迹般地消停了。灯塔长家静悄悄的，也许是在午休。灯塔值班室里，可以看到坐在桌前的灯塔员背影，收音机里传来音乐声。爬上灯塔背后松林的陡坡时，新治已经汗津津的了。

山上万籁无声，非但看不到人影，连一条到处转悠的野狗都没有。因为产土神[1]的忌讳，岛上别说野狗，连家犬都找不到一条。因为所有的路都是坡道，土地面积又小，连运货的牛马也没有。能称得上家畜的，也只有那些家猫了。它们用尾巴轻扫着映在村里一排排房子间的小石径上那参差不齐的房檐影子，一路走下来。

青年登上了山顶。这里是歌岛之巅。不过在杨桐、茱萸等灌木和草丛的环拥下，视野并不开阔，只能听到穿过草木间隙飘来的喧嚣涛声。从这一带南下的路几乎都被灌木和高草侵占，若要去观测所旧址，得绕个大弯才行。

不一会儿，松林沙地远处的钢筋混凝土三层楼建筑映入眼帘，那便是观测所旧址。在杳无踪迹的大自然的死寂中，那白色的废墟显得有些诡谲。士兵们通过二楼阳台的望远镜观测从伊良湖岬对面的小中山试射场打出的试验弹，确认落弹点。屋里的参谋问炮弹落在何处，士兵便一一作答。这样的生活日复一日，一直持续到战前。不知不觉间粮秣日渐少了，士兵们总是归咎于狐狸精的作祟。

青年打量着观测所的一楼，一捆捆干枯松叶堆积如山。一楼似乎原为储藏室，因窗户极小，有些窗户的玻璃依然完

---

① 产土神，日本神道教神名，祖先或自己出生地所祭祀的守护神。

好无损。就着微弱的光线，他马上找到了母亲做的记号——有几捆柴上面绑着红布条，布条上用黑笔写着字体幼稚且笨拙的“久保富”三个字，那是母亲的名字。

新治放下后背的木框，将成捆的枯松叶和木柴绑上去。寻思着自己许久没来观测所了，马上离开未免可惜，便搁下柴火，登上了混凝土楼梯。

这时，上方传来木石相碰一般的细微响声。青年竖起耳朵仔细听了听，声音戛然而止。他想，这肯定是自己的心理作用。

沿着楼梯走上废墟的二楼，只见一扇既无玻璃又无窗框的大窗户，周围是一片落寞的海。阳台上的铁栅栏也已没了踪影。浅黑色墙壁上，残留着士兵们的粉笔涂鸦。

新治接着往上走。正当他透过三楼的窗户打量着倒塌的升旗台时，切切实实地听到了人的啜泣声。他一跃而起，迈开穿着运动鞋的双脚，步履轻盈地飞奔上了楼顶。

没听到脚步声，只见一个青年猛然出现在自己眼前，受到惊吓的反而是对方。那位穿着木屐正在啜泣的少女止住哭声，呆若木鸡。她是初江。

这突如其来的幸福邂逅，让青年不敢相信自己的眼睛。

二人就像森林中偶遇的动物，满怀警惕心和好奇心，面面相觑，呆然而立。终于，新治开口问道：

“你是初江吧？”

初江不由得点了点头，接着，又因对方知道自己的名字而面露讶异。但这个憋着劲儿的青年那洋溢着真诚的乌黑双眸，似乎让她想起了曾在沙滩上盯着自己看的那副年轻面孔。

“刚才哭的是你吗？”

“是。”

“为什么哭？”

新治问话的语气像个巡警。

没想到少女回答得倒是很爽快。原来灯塔长太太要举办一场聚会，教村里自愿参加的姑娘们行为礼仪。她是第一次参加，但因为来得太早了，便打算到后山转转，结果迷路了。

此时，二人头上有鸟影掠过，是一只鹰隼。新治觉得这是个好兆头。于是，他那险些打结的舌头活络了起来，恢复了平素的男子汉气概。他表示自己正要回家，会经过灯塔前，可以送她过去。少女完全没想要擦去脸上的泪珠，莞尔一笑，那笑容仿佛雨中闪耀的阳光。

初江穿着一条黑哔叽裤子，配红色毛衣，脚上则是红天鹅绒布袜配木屐。她站起身来，倚在混凝土建筑的屋顶边缘俯瞰着大海，问道：

“这房子是用来做什么的呀？”

新治也稍微和她拉开些距离，凭靠在屋檐上，答道：

“这是观测所，就是在这里观察大炮发射的炮弹飞到哪儿去了。”

由于山峦的遮挡，歌岛的南侧无风。放眼望去，阳光下的太平洋一览无余。断崖上的松树下，被鱼鹰粪染白的岩头兀立。岛边的水面则因长在海底的海带呈黑褐色。怒涛击打着高耸的岩石，飞沫四溅。新治指着其中一块岩石，解说道：

“那地方叫黑岛。铃木巡警在那儿钓鱼时，被海浪卷走啦。”

这样的相处让新治感到无比幸福，但初江不得不前往灯塔长家的时间也到了。初江将身体移开混凝土建筑的边缘，对新治说：

“我要走啦！”

新治并未应答，露出惊讶的表情。因为初江那件红毛衣的胸部横着一道黑线。

初江察觉到，方才自己胸前贴着的混凝土边缘又黑又脏。

她低下脑袋，伸出手掌拍打自己的胸脯。红毛衣微微隆起的部位，似乎藏了坚挺的支撑物，在她的胡拍乱打下微妙地摇晃着。新治赞赏地凝视着这一幕。在她手掌的打击下，乳房反而像是撒欢儿的小动物。那种富有动感弹性的柔软，让青年感慨不已。那道黑印被掸掉了。

新治带头走下混凝土楼梯时，初江的木屐发出清脆的轻响，在废墟四壁弹射出回音。从二楼下到一楼时，新治身后的木屐声戛然而止。新治回头一看，少女便笑了。

“怎么啦？”

“我也很黑，可你更黑呀！”

“什么？”

“太阳晒得够厉害的。”

青年没来由地笑了，走下了楼梯。差点就这么走掉，却又折了回来。原来他把母亲让他取的柴火给忘了。

从那里走回灯塔的路上，新治背着堆成小山的松叶，走在少女前面。被问及名字，新治这才自报了家门。接着又急忙补充说，希望初江不要告诉别人自己的名字以及在这里见到自己的事。村里人的闲言碎语，新治再清楚不过了。初江答应他不会告诉别人。就这样，忌惮喜欢捕风捉影的村里人——这个正当的理由，将稀疏平常的偶然邂逅变成了两人之间的秘密。

新治一言不发地走着，还没想到下次如何才能相会，二人已到了可以俯视灯塔的地方。青年将去灯塔长官舍背后的近路告诉少女，自己有意绕远路回家，便在那里告别了。

第五章

在此之前，青年一直过着清贫却安宁而知足的生活。而自那天起，他开始为不安所扰，深陷思虑之中。他担心自己没有任何足以吸引初江的地方。他身强体壮，除了麻疹从未得过别的病；他泳技高超，能环绕歌岛游上五圈；他膂力过人，自信无人能出其右。而这些均不足以让初江动心。

之后，他和初江见面的机缘一直不曾出现。每次出海归来，他总要往沙滩上环视一番，但即使偶尔认出初江的身影，她也正站那儿忙着干活，毫无搭话的余地。再也不曾见到上次那样，她独自倚靠在木框上远眺海面的情形了。而且，每当青年因相思之苦而下决心不再想初江时，当天出海归来必能在喧闹的沙滩上窥见初江的身影。

城里的少年先从小说、电影中学习恋爱技巧，而歌岛上根本没有可模仿的对象。因此，从观测所到灯塔的那段宝贵的独处时光里本该做些什么，新治即便回忆起来，心里也没谱，空留下对虚掷了光阴的深切悔恨。

这一天虽不是父亲去世的周年忌日，但也到了月忌日，新治全家要去扫墓。因为新治每天要出海捕鱼，时间便选在了新治出海前。新治和上学前的弟弟、手捧线香与祭奠鲜花的母亲，三人一起出了家门。在这座岛上，即便家中无人也不会出现失窃的情况。

墓地位于村头与沙滩相接的矮崖上，涨潮时海水会漫到崖下。斜坡的坑坑洼洼里布满了墓石，有些墓建在沙地上，因地基不牢，已七歪八斜。

夜色未明。灯塔那边已泛起了鱼肚白，而面朝西北的村子和港口依然被留在黑夜里。

新治提着灯笼走在前面，跟在后面的弟弟阿宏揉着惺忪的睡眼，拉着母亲的衣袖说："今天的便当给我四个牡丹饼[1] 嘛！"

"笨蛋，就给两个。三个的话，肚子会吃不消的呀！"

---

① 日本春分和秋分食用的日式点心。特点是豆馅和黄豆粉等裹在外侧。做法是粳米和糯米煮熟后捣至微烂并揉成团，裹上豆馅、黄豆粉和芝麻等。一般春分时吃的叫"牡丹饼"，用的是红豆沙；秋分时吃的叫"萩饼"，用的是红豆粒。

“不，给我四个嘛！”

祭祀青面金刚的日子和先祖的忌日会做牡丹饼，个头足足有枕头大。

墓地上晨风凛凛，风向飘忽不定。海岛遮蔽处的海面依然暗沉沉的，远处海面早已晨光熹微，环拥着伊势海的群山已历历在目。在破晓晨光里，墓石群宛如喧闹海港中停泊的点点白帆。只是，这些不再鼓满风的风帆，沉沉低垂着度过了漫长的休息期，就此化作石帆了。铁锚已深深扎入幽暗的地中，再也无法起锚远航。

到了父亲墓前，母亲便插上鲜花，擦了好几根火柴都被风扑灭，好不容易才点着了线香。母亲让两个儿子跪拜，自己也站在他们身后祭拜，哭了起来。

村子里有个代代相传的忌讳——女人与和尚不得上船。新治父亲遇难的船就是触犯了这一忌讳。一个老婆子死了，合作社的船载着尸体去答志岛验尸，到距离歌岛约三英里处时，遇上了美军的B24轰炸机。对方先是投了炸弹，接着便用机枪扫射。偏偏那一日平时的驾驶员不在，代班的驾驶员又不熟悉机器。熄火的发动机冒起了黑烟，便成了敌机的目标。

油管和烟囱被炸裂，新治父亲耳朵以上部位被炸得支离破碎。有一人被击中眼睛，当场毙命。有一人后背中弹，子弹留在了肺部。有一人被炸伤了腿。而臀部肌肉被削掉的那人失血过多，没多久就一命呜呼了。

甲板和船舱上血流成河。油箱被射穿，柴油漂浮在鲜血上，因此无法采取俯卧姿势的人腰部中弹。躲在船头货舱冷库中的四人幸免于难；还有一人钻过指挥台后面的小圆窗拼死逃了出去，回港后试图再次钻过小圆窗，却无论如何也钻不过去了。

就这样，十一人中死了三人。而甲板上，盖着破草席的老婆子尸体却没有中一颗枪弹。

“玉筋鱼捕捞季节的老爹太可怕了！”新治回头看了一眼母亲，说道，“我几乎每天都要挨揍，被打出的包都来不及消肿呢。”

捕捞玉筋鱼在一片名为“四寻泽”的海域进行，那是一种需要高超技巧的捕鱼方式。将鸟毛扎在一根柔韧性极佳的竹竿上，模仿海鸟追猎海底鱼群，需要全员天衣无缝的配合。

“那是，所以说捕捞玉筋鱼，在渔夫中也是爷儿们才干得了的活儿哪！”

阿宏对哥哥与母亲的对话兴致全无，他正幻想着十天后的修学旅行。在弟弟这个年纪时，哥哥因为家里穷去不了修学旅行，而这次他用自己赚的钱为弟弟攒了路费。

一家人扫完墓，新治要做出海的准备，便径直去了海边。母亲则回家拿盒饭，要赶在出海前送到新治手上。

当青年匆匆赶到太平丸时，路上行人的话语随着晨风飘入他的耳中：

“听说川本家的安夫要当初江的上门女婿啦！”

听到这消息，新治的心沉入了黑暗的深渊。

那一天，太平丸又捕捞了一整天的章鱼。

直到回港为止，新治一言不发地埋头干了十一个小时。他平日里也是沉默寡言的主儿，所以即使是一言不发倒也没显得奇怪。

一回到渔港，照例先和合作社的船并在一起，卸下捕捞到的章鱼。别的鱼则经由中介转移到人称“收购船”的个体鱼贩子的船上。过秤的金属笼里，黑鲷欢蹦乱跳，在夕阳的余晖中闪着银光。

那天正好是按旬结账的结账日，新治和龙二随老板去了合作社的办公室。这十天来他们船的收获约四十贯[①]，扣除合作社的销售手续费、预先扣除的十分之一储蓄存款以及损耗费，净利润两万七千九百九十七日元。按提成，新治从老板那领到了四千日元的工钱。在鱼汛已过的这个时节里，这收入算是相当不错了。

青年伸出粗糙的大手，舔了舔手指，仔细地清点了钞票，再将它们重新塞入写有自己名字的纸袋，将纸袋收进夹克内侧的口袋深处，向老板鞠了一躬，便离开了。老板和合作社社长正围着火盆互相炫耀着用黑珊瑚手工制作的烟嘴。

青年本打算直接回家，可他的脚却自然而然地走向了海滩。

海边，有人正拖着最后一艘船上岸。操纵绞车和帮忙拉绳的男性不多，两个女人马不停蹄地将木框塞入船底，然后将船往岸上推。看上去进展不顺。暮色已降临海边，也不见有中学生出来帮忙。新治寻思着要不要去帮她们一把。

这时，推船的女子中的一人抬起脸，看了过来。原来是初江。新治不想看到这位一大早就把自己的心推入黑暗深渊的少女的脸。可他的脚却在接近她。汗津津的额头、红扑扑

① 贯，日本的重量单位，1 贯等于 3.75 千克。

的脸颊、凝视着船前进方向那熠熠生辉的乌黑双眸，使这张脸在沉沉暮色中显得光彩夺目。新治无法将自己的目光从那张脸上移开。他默默地拿起了缆绳。操纵绞车的男子说了声“谢谢”。新治的臂力强劲，船一下子就滑上沙地，女人慌忙拿起木框跑向船尾。

船拉上岸后，新治便头也不回地向自家走去。他很想回头看一眼，还是强忍住了。

拉开推拉门，和平时一样，他看向昏暗的油灯下那已成红褐色的榻榻米。弟弟趴在榻榻米上，在灯下看着教科书。母亲在灶台忙活个不停。新治连长筒胶靴也没脱，就仰着上半身直接躺在了榻榻米上。

“你回来啦。”

母亲说道。

新治喜欢不声不响地把包着钱的袋子交给母亲。知儿莫过母，母亲自然心领神会，便假装忘了今天是发钱的日子。因为她知道，儿子希望看到自己惊喜的神色。

新治将手伸进夹克内侧的口袋，没摸到钱。他伸手到另一侧口袋中摸索了一番，又掏了掏裤子的口袋，甚至把手伸进裤子的内侧找了找。

一定是掉在海边了。他一言不发，夺门而出。

新治刚跑出去不久，便有人来访。母亲来到门口，看到黑漆漆的空地上，站着一位少女。

“新治在家吗？”

“刚才回来了一下，又马上跑出去啦！”

“这是在海边捡到的，因为上面写着新治的名字，所以……”

“天哪！真是太感谢了。没准新治就是找这个去了吧？”

“那我去告诉他一声吧？”

“好，那就谢谢你啦！”

海滩已笼罩在沉沉夜色中。答志岛和菅岛微弱的灯光照耀着海面。星光下，沉睡中的无数渔船静悄悄的，船头面向大海一字排开，威严十足。

初江看到了新治的身影。一看见他，便躲到了船后。新治正在低头搜寻，他那方向似乎看不到初江的身影。在一艘船的阴影下，二人迎头碰上。青年茫然呆立。

少女说了事情的来龙去脉，她已将钱送到他母亲手中了，自己是来知会一声的。她曾向两三个人打听了新治家的位置，但为不让人起疑心，还一一向他们展示了钱袋。

青年放下心来，松了一口气。他微笑时露出的皓齿在夜色中煞是好看。由于一路跑得急，少女的胸脯剧烈地起伏着。新治想起了大海中汹涌的深蓝色波涛，一早至今的苦闷竟烟消云散，勇气也复苏了。

“听说川本家的安夫要当你家的上门女婿，是真的吗？”

青年的嘴里极其自然地冒出了这个疑问。听到这话，少女笑了。她笑得越来越厉害，呛到了自己。新治想为她止咳，可她还是停不下来。新治将手搭在她肩上，并未使劲，初江却瘫倒在沙地上，继续大笑。

“怎么了？怎么了？”

新治蹲在一旁，摇晃着她的肩膀。

少女好不容易从大笑中清醒过来，一本正经地凝视着青年的脸，又大笑起来。

新治探出脸来，问道：

“真的吗？”

“傻瓜！那是信口雌黄！”

“可是，确实有人这么传啊！”

“都说了那是信口雌黄！”

两人在船的背阴处抱膝而坐。

“啊，难受！笑得太厉害了，这儿有点难受。”

少女抚着胸口说道。她穿了件褪色的斜纹哔叽工作服，只有胸口的斜纹还剧烈地起伏着。

“这儿都笑疼啦。”

初江又说了一遍。

“没事吧？”

新治鬼使神差般地将手放了上去。

“被你这样一按，就舒服些了。”

少女说道。于是，新治的心也如擂鼓般剧烈跳动起来。两人的脸挨得很近，可以嗅到对方身上如海腥味一般浓烈的气味，感受到彼此的热度。两人干裂的嘴唇互相碰触，带点儿咸味。新治觉得有点像海藻的味道。那个瞬间一过，这种有生以来的初体验带来的内疚感涌上心头，青年移开身子站了起来。

“明天出海回来，我会给灯塔长家送鱼。”

新治望着大海，做出严肃的表情，以一种男子汉的口气宣布道。

“在那之前我也会到灯塔长家里去。”

少女也望着大海，宣布道。

两人分别走向船的两侧。新治本打算直接回家，却发现少女的影子并未从船后出现。但落在沙地上的影子却告诉他，她仍然躲在船尾。

“你的影子露出来喽！”

青年提醒道。紧接着，他看见身穿粗条纹工作服的姑娘的身影，像野兽一般从那儿飞奔出来，头也不回，从沙滩上一溜烟儿地冲向了对面。

第六章

次日，出海归来的新治手里提着两条五六寸长的虎鱼，用稻草穿了鳃，向灯塔长的官舍走去。爬坡到达八代神社背后时，他突然想起自己尚未祷告感谢神明当下赐予的恩宠，便绕到神社正面，虔诚地祷告了一番。

祷告完，他眺望着已沐浴在盈盈月色下的伊势海，做了个深呼吸。朵朵祥云如古代诸神一般，飘在海面上空。

青年感觉到身边富饶的大自然与自身是无比协调的。他深深吸入的每一口气，仿佛是大自然创造的肉眼不可见之物的一部分渗入了他的肉体深处；他耳中听到的喧嚣涛声，也如同大海的巨大潮流和他体内奔腾不息的青春热血协奏出的旋律。新治的日常生活中并不需要音乐，无疑是大自然以其原始的韵律满足了他对音乐的需求。

新治将虎鱼举到眼前，朝着那长了刺的丑脸吐了吐舌头。鱼显然是活着的，但一动也不动。于是，新治戳了戳鱼的下颚，使其中一条鱼扭动起来。

青年不愿幸福的相会时刻来得太早，便磨起了洋工。

灯塔长夫妇二人对新来的初江颇有好感。要觉得她沉默寡言少了点儿可爱吧，她又会突然像小姑娘一样甜甜地笑起来；要说她看上去有点呆愣愣的吧，心思却相当缜密。在行为礼仪学习会快结束时，其他姑娘都没有留意，她却麻利地将大家喝完茶的茶碗拾掇起来洗干净，还会帮太太一起洗东西。

灯塔长夫妇有个女儿在东京读大学，只在放假时才回岛。于是，他们将村里时不时来访的姑娘们也视为自己的女儿。因此真心实意地为她们的境遇操心，将她们的幸福当成了自己的快乐。

灯塔长已度过三十年的灯塔生活，他那顽固的面相，以及训斥偷溜到灯塔里探幽的顽童们时惊天动地的大嗓门，使得孩子们对他心生惧怕，其实他是个心地善良的人。孤独使他不再相信人会怀有恶意。在灯塔里，来客访客就是最高级的美味佳肴。因为无论远离人烟的灯塔在何方，长途跋涉而来者不可能心怀恶意来做客；况且，被推心置腹地当成稀客款待，任何人心中的恶意也会消融。事实正如他的口头禅：“恶意走的路远不过善意。”

太太也是个实打实的好人。她曾经当过乡下女校的老师，多年的灯塔生活又使她养成了阅读的习惯。所以，她对任何事物都拥有百科全书般的知识。她既对斯卡拉剧院在米兰了如指掌，又对东京的某影星最近在某地扭伤了右脚的事情一清二楚。她刚在争论中驳倒了丈夫，随后又精心为丈夫缝袜子、做晚饭。每每有客来访，她便口若悬河说个不停。有些村民总是入迷地听着她的妙语连珠，又和自己笨嘴拙舌的妻子对比一番，然后对灯塔长产生多此一举的同情。但灯塔长对太太渊博的学识倒是敬仰的。

官舍是三间平房。和灯塔内部一样，到处收拾得干净整洁、一尘不染。柱子上挂着轮船公司的挂历，餐厅地炉里的灰总是平平整整的；即使是女儿不在家期间，客厅一角的桌上也摆着法国偶人，空荡荡的蓝色玻璃笔盒闪闪发亮。铁锅澡盆也安置在房子背后，将灯塔机油的残渣转换成瓦斯来做燃料。和脏兮兮的渔夫家不同，灯塔长的家里就连厕所门口的蓝手巾也总是清清爽爽的，仿佛刚洗过一般。

灯塔长每天有一大半时间坐在地炉旁，抽着插在黄铜烟嘴里的“新生”牌香烟。白日里的灯塔一片死寂，只有年轻的灯塔员在小小的值班室发布着往来船舶的信息。

那一天并非例行的讲课日，黄昏前初江来访，手里拿着报纸裹着的海参。藏青色哔叽裙子下面搭配的是肉色的棉质长袜，外头还套了双红色短袜。毛衣是常穿的绯红色。

她刚进屋，太太便心直口快地指出：

“藏青色裙子最好是搭黑袜子，初江。你有的吧？你来这里时还穿过。”

“嗯。”

初江脸色微红，在地炉旁坐下了。

和大家多少摆出一本正经的态度，而太太也用授课的口气说话的例会时不同，像这样围坐在地炉旁，太太便平易近人地闲聊起来。一看对方是年轻姑娘，便从普通的恋爱论说起，一直聊到“有没有喜欢的人”这样的问题。看到姑娘害羞了，连灯塔长也时不时凑过来问上两句令人尴尬的问题。

天色渐渐黑了，灯塔长夫妇不住地劝她吃了晚饭再回去，但初江表示老父亲一个人在家等着，不能不回去，又主动提出帮忙做灯塔长夫妇的晚饭。刚才端出来的点心也不吃，只顾着羞红了脸低着脑袋的初江一到厨房便突然精神抖擞。她一边切着海参，一边哼唱岛上流传的盂兰盆舞曲——“伊势舞曲”，说是昨天刚跟伯母学的。

…………

衣柜衣箱旅行箱

闺女嫁妆要大方

此去再回莫要想

娘亲娘亲莫勉强

东边天阴风要来

西边天阴暴雨降

任它大船装千石

顺风一转嗨哟喂

出港也要往回赶

…………

“咦，这首歌我来岛三年了都还没学会，初江已经学会啦？”

太太说道。

“毕竟跟老崎那边的歌差不多嘛。”

初江答道。

这时，外面响起了脚步声，黑暗中有人喊了声“您好”。

太太从厨房门口探出头去一看，说道：

“这不是新治嘛……咦？又给我们送鱼，谢谢啦！孩她爸，久保家送鱼来啦！”

“总是麻烦你，谢谢！”灯塔长没有离开地炉，说道，“进来吧，新治。”

在这你一言我一语期间，新治和初江交换了一下眼神。新治微微一笑，初江也笑了。太太突然转过头，目光掠过了二人的微笑。

“你们俩认识呀？嗯，毕竟村子小啊！那就更好了。新治，进来吧……啊，对了，东京的千代子来信了，特意问候‘新治好吗’。千代子是不是喜欢新治呀？她马上要放春假回来了，一定要过来玩。”

听到这句话，正打算进屋的新治似乎被迎头泼了一盆冷水。初江面朝洗碗池，再也没有回头。青年退回黑暗中，虽被多番挽留，终究没有进屋，只是远远地朝这边鞠了一躬，转身走了。

“新治还真是个爱害羞的人啊，孩他爸。”

太太依然面带笑容地说道。屋里只有她的笑声回响着，而灯塔长和初江都没搭腔。

新治在拐过“女儿坡”的地方等待初江。

在那坡上拐个弯，灯塔周围的暮色又微亮起来，那是残阳的余晖。纵然黑漆漆的松影重重，眼前的海面依然映照着最后那抹余晖。今年的第一场东风今天在海上吹了一整天，即便到了黄昏，那风吹在皮肤上也不觉得刺痛。拐过“女儿坡”，就连那股风也销声匿迹了，只见薄暮时分沉静的光芒从云缝中流淌下来。

大海中，紧邻歌岛港的一个短海角向对面延伸，海角的尖端时断时续，几块巨岩劈开白浪傲然耸立。海角一带尤其明亮。青年视力超强，清晰地看到一株红松的树干屹立在海角顶端，沐浴着残阳余晖。突然，那树干周围的光线倏地消失了。于是，青年抬头一望，头顶的云彩已然转黑，群星开始在东山的尽头眨眼。

新治将耳朵贴在岩石的凸起上，听到细碎的脚步声下了灯塔长官舍玄关的石阶，沿着石头小路向这边接近。出于恶作剧心理，他原想躲在这儿吓唬吓唬初江。不过，随着那可爱的脚步声越来越近，他又不忍心吓着姑娘，反而用口哨吹出方才初江哼唱的“伊势舞曲”中的一段旋律，提醒对方自己的位置。

…………

东边天阴风要来

西边天阴暴雨降

任它大船装千石

…………

初江拐过“女儿坡”下来了，却像没有发现新治在那里一般，步调不变径直走了过去。新治在后面追着。

“喂——喂——！”

可少女依然连头也不回。无奈之下，青年只好默默地跟在她后面。

松林环拥下，道路变得幽暗且险峻。少女拿着小手电筒照着前方，走着走着步子便慢了下来，不知不觉间被新治超了过去。青年突然听见一声轻轻的惊呼，同时，手电筒的光如同疾翔的鸟儿，忽地从松树的树干飞上了树梢。他机敏地转过身去，一把抱起跌倒在地的少女。

虽说是出于意外情况而被迫做出的动作，但青年脑海里浮现出自己此前的埋伏、吹口哨以及追赶这一系列近乎耍流氓的行为，自觉羞愧。所以，他扶起初江后，并未重温昨日的亲昵动作，而是像兄长一般，温柔地为她掸去衣服上的泥。一半是沙子的泥是干燥的，很快被掸掉了。幸好，似乎没有受伤。在此期间，少女就像孩子一般，一动不动地将手搭在青年魁梧的肩膀上。

初江寻找从手里掉落的手电筒，发现它正横躺在两人身后的地上，射出一道淡淡的扇形光柱。那道光柱所照之处铺满了松叶，岛上苍茫的暮色笼罩着这一点微光。

“它在这儿呢。应该是跌倒的时候飞到身后去的吧！”

少女精神抖擞地笑道。

“你刚才生什么气呀？”

新治一本正经地问道。

“千代子的事呀！”

“傻瓜！”

“你俩之间没什么吧？”

“什么都没有！”

二人并肩走着，新治拿着手电筒，像引航员一样，将不好走的路一一告诉初江。因为找不到话题，沉默寡言的新治便讷讷地说了起来。

“我呢，是想有朝一日用干活攒下的钱买艘机帆船，和弟弟两人跑跑运输，运点纪州木柴或是九州煤。这样就可以让母亲轻松点，老了我也回岛享清福。不管船航行到了哪儿，我都不会忘记我们岛。我要和大家一起，让岛上的风景变成日本最美（歌岛人都这么坚信不疑），让岛上的生活比任何地方都要和平、都要幸福哪！否则，就再也没有人会想起我们岛了。不管是什么样的世道，那些恶习还没有传到岛上就消失了。大海呢，只送来我们岛上必要的美好品德，并守护着那些留在岛上的美好品德。所以这座岛上没有一个小偷，生活在这里的永远只有具备真心实意、吃苦耐劳的精神、表里如一的爱和勇气，毫不怯懦的男子汉。”

当然，青年的讲述并没有如此条理清晰，而是颠来倒去、磕磕巴巴的。但青年已难得地变得能说会道，大致对少女表达了上述意思。初江虽没有回答，但也一一点头。她的脸上洋溢着真诚的共鸣和信任，看不出一丝不耐烦的神色，使得新治欣喜不已。在这番认真交流的最后，青年不想被认为不正经，便有意省略了自己在海神面前祈祷时最后那句重要的话。虽然前行的道路不断被茂密的树影笼罩，但此处并无任何妨碍两人的东西。可这次新治却连初江的手都没能牵上，至于接吻，就更是连念头都未曾萌发。昨天的暮色下发生在海滩的事，仿佛不是二人自发的意志，而是外力造就的意外事件。令人不觉纳闷，为什么会发生那样的事？他们好不容易才做了个约定，也只是在下一个休渔日的下午在观测所相会。

走到八代神社后面时，先是初江发出一声轻叹，停下了脚步。接着，新治也站住了。

村里家家户户灯火通明，仿佛要庆祝无声的盛大节日一般，所有窗户都闪耀着实实在在的明光，那光亮与油灯绝不可同日而语。村子似乎自暗夜中苏醒，飘浮了起来。原来，坏了许久的发电机已经修好了。

俩人在进村前的路上分道扬镳，初江独自沿着久违的路灯照耀下的石阶上走了下去。

第七章

新治的弟弟阿宏出发去修学旅行的日子到了。他们将在京都大阪地区六日游，住宿五晚。从未离开过歌岛的少年们将一举亲眼见识外头广阔的世界。从前，渡海到内陆修学旅行的小学生们第一次见到圆太郎马车[①]，曾吃惊地大叫：

“嚯！大狗拉着厕所跑呢！”

岛上的孩子识物时，因为没有实物，便以通过教科书上的图画和说明来学习概念的方式来替代。要在想象中描绘出电车、大楼、电影院、地铁这类物品的形象，太难了！而一旦接触了实物，在新鲜感带来的惊讶过后，随即明白了自己学的那些概念毫无用处，在岛上将要度过的漫长的一年里，再也未曾去想象如今依然热热闹闹地穿梭在大都市里的电车

① 圆太郎马车，日本明治时代的公共马车。

的光景了。

每到修学旅行，八代神社的护身符就畅销起来。在母亲们的心目中，孩子们要去连自己都不曾见过的大城市，简直是拼了命去冒险。无论是她们每日的生计，还是身边的大海中，无时无刻都潜藏着死亡和危险。

阿宏的母亲咬咬牙，拿出两个鸡蛋做了咸到齁人的煎鸡蛋便当。又将奶糖和水果藏进阿宏的书包深处，让他要费点劲儿才能找到。

也就那一天，渡轮神风丸破例在午后一点从歌岛起航了。这艘渡轮是排水量不到二十吨的小汽艇。顽固而老练的船长向来最讨厌破例，但到了自家孩子修学旅行时，他才知道船过早到达鸟羽港，在合适的那趟火车出发前，孩子们消磨时间是需要花钱的。所以自那年起，他才不情不愿地接受了学校的意见。

神风丸船室里和甲板上全是胸前交叉挂着水壶和挎包的学生。领队老师对码头上乌泱乌泱的母亲们心存畏惧。在歌岛村，母亲们的意向足以左右老师的地位。有一位老师被母亲们贴上了共产党的标签，被赶出了歌岛；而一位受欢迎的老师和女老师有了私生子，却能被提拔为代理教导主任。

那是一个春风和煦的正午。船一动，母亲们便纷纷呼唤着自己孩子的名字。学生们将帽绳拉到下颌，盘算着母亲们已经看不清谁是谁了，便嬉闹着对着港口“傻瓜！”“浑蛋！”“混账东西！”地乱喊一通。满载着黑色制服的船，将帽徽和铜纽扣上闪耀的光芒也一起载着远去了。家里静悄悄的，白天里的光线也是晦暗的。阿宏母亲坐到榻榻米上时，想到不久后两个儿子便要丢下自己出海去了，不觉泪如雨下。

神风丸抵达珍珠岛旁的鸟羽码头，一把学生们放下船，便恢复了它悠闲的乡土风情，着手返回歌岛的准备。蒸汽机的旧烟囱上扣着一只水桶，船头内侧和栈桥上吊着的大鱼槽上水影摇曳。港口仓库面朝大海，灰色墙壁上用白漆写着大大的“冰”字。

灯塔长的女儿千代子提着旅行用手提包站在码头的边缘。这位不爱与人交往的姑娘已许久未回岛了，她不喜欢岛民和她搭话。

在素气的焦茶色西装的衬托下，千代子那张未施粉黛的脸越发平平无奇了。或许在一些人眼中，她那肤色暗淡但鼻眼线条粗犷且明快的面孔是颇具吸引力的。然而，千代子总是挂着一副阴郁的表情，固执地认为自己不美。就目前而言，在东京的大学所调教出的“教养”中，最显著的成果莫过于此了。不过，将如此普通的面相视作丑陋，也许和自认为“极美”一样，是一种不自量力。

千代子这种忧郁的确信，又受到了老好人父亲在不经意间的火上浇油。因为女儿毫不掩饰地表露出为自己遗传了父亲而生得这么丑的悲伤，即使女儿就在隔壁屋里，正直的灯塔长也会向来客抱怨道：

“哎呀真是的，妙龄闺女因为容貌不美而苦恼，也都怪我这个当父亲的长得丑，我有责任，不过这也是命呀！”

有人拍了拍千代子的肩膀，她回头一看，川本安夫穿着闪闪发光的皮夹克，笑盈盈地站在那儿。

“欢迎回来！放春假了吧？”

“嗯，昨天刚考完试。”

“是回来吃妈妈奶的吧？”

安夫受其父所托，前一日前往位于津市的县厅办理合作社的业务，在鸟羽的亲戚家开的旅馆住了一晚，正要搭这班渡轮回歌岛。他为自己能在东京的女大学生面前说一口标准日语而得意扬扬。

从这个和自己同年的世故少年的举手投足间，千代子感觉到了男人认定“这姑娘对我有意思”的兴奋情绪。这种感觉一出现，她就越发沮丧了。“又是这样”，她想道。受到在东京看过的电影和小说的影响，她很想看男人向她表白“我爱你”时的眼神，哪怕一次也好。而她一直认为自己这辈子是不可能看到了。

神风丸上传来瓮声瓮气的喊声：

“喂！坐垫还没拿上来呀！你们看看啊！”

不一会儿，一个汉子肩上扛着个藤蔓花纹的坐垫大包袱从码头走来，包袱一半沐浴在仓库的阴影里。

“开船时间到了。”安夫说道。

从码头跳上船时，他拉着千代子的手，搭了她一把。千代子发现安夫那铁掌一般的手与东京的男子们手截然不同。不过，通过这手掌，千代子想象着自己从未握过的新治的手掌。

从天窗式的小舱门口往里面一瞅，微暗的舱室里躺在榻榻米上的人影、他们脖子上围着的白毛巾、眼镜镜片上闪过的反射光，在适应了户外光线的眼中，显得越发昏暗和呆滞。

“还是待在甲板上好。冷是冷了点，但还是更好。”

安夫和千代子避开风向，靠着指挥台内侧卷好的缆绳坐了下来。船长那粗鲁的年轻助手说道：

“喂！能不能抬一下屁股？”

话音刚落，便从二人身下抽出了一块板，原来他们坐在了舱室门的盖板上。

船长在那脱漆起毛、底下的木纹已露出一半的指挥台上敲响了钟，神风丸起航了。

两人任凭身子随着那台老发动机的震动而摇晃，眺望着渐行渐远的鸟羽港。安夫本想向千代子炫耀自己昨夜偷偷嫖妓的事，还是放弃了。若是普通的渔村，安夫尝到女人滋味这件事，应该可以成为炫耀的话题。但在纯洁的歌岛，他却守口如瓶，年纪轻轻就摆出一副伪君子的样子了。

当海鸥飞翔高度超过鸟羽站前的缆车铁塔那一瞬间，千代子在心中打了个赌。畏首畏尾的她在东京从未做过任何冒险的事。而每次回歌岛时，她都要祈祷自己身上能发生一些改变世界的事件。船已远离鸟羽，无论海鸥飞得多低，飞行高度要超过远方的小铁塔并不难。然而，铁塔依然高高耸立在视野中。千代子凑近看了看自己红皮表带手表的秒针，想道："三十秒之内，如果海鸥飞行高度超过铁塔，说明有好事在等着我。"——五秒过去了。一只追着船飞来的海鸥倏地凌空而起，它的双翼越过铁塔，振翅翱翔。

趁着自己的微笑还没让安夫起疑，千代子开口了：

"岛上有什么奇怪的事情吗？"

船向前行驶，右边可以看到坂手岛。安夫在甲板上摁灭了短得快烧到嘴的烟头，说道：

"没什么……对了，十天前发电机坏了，全村都点油灯。现在已经修好了。"

"母亲在信上写过啦！"

"这样啊。要说其他的新鲜事嘛……"

春光洋溢的海面反射着强光，他眯缝着双眼。十米开外，一艘纯白的快艇经过，驶向鸟羽港，那是海上保安厅的鹎[①]丸。

"对了，宫田家的照爷把闺女叫回来啦。叫初江，很漂亮，是个大美女。"

"是吗？"

听到美女这个词，千代子脸色沉了下来。单单这个词，在她听来，就像是含沙射影地骂她。

---

① 鹎，雀形目鹎科鸟类，黑褐色羽毛，腹白腿短，食果实昆虫。

“照爷对我很中意。而且我在家又是老二，村里都在传我要当初江的上门女婿呢！”

不久，神风丸四周的景致一变，右边是菅岛、左边是巨大的答志岛。出了二岛环拥下的中间海域，无论是多么风平浪静的日子，汹涌的波涛也会将船身拍得嘎吱嘎吱作响。从这一带开始，常有鱼鹰在浪中游弋。汪洋大海之中，岩石成群嶙峋耸立的浅滩映入眼帘。

看到这儿，安夫便皱起眉头别开了视线，他想起了歌岛唯一的屈辱。自古以来，青年们每每付出鲜血的代价去争夺这些浅滩的渔业权，而如今，渔业权归答志岛所有了。

千代子和安夫站起身来，越过低矮的指挥台，等待歌岛的影子出现在海面上。歌岛总是以模糊而充满神秘色彩的头盔形状出现在水平线上。船在海浪中倾斜，头盔也随之倾斜。

第八章

休渔的日子迟迟不来。阿宏去修学旅行的第二天，足以强迫人们休渔的暴风雨总算来袭。岛上的樱花本就稀少，这么一来，初绽的蓓蕾怕是要变成缤纷的落英了。

前一日，反季节的湿风纠缠着船帆，诡异的火烧云遍布天幕。巨浪滚滚翻涌而来，海滨啸叫声声入耳，海蟑螂和球潮虫拼命爬向高处。半夜里夹杂着雨点的强风骤起，大海和空中传来似惨叫又似笛声的响声。

新治躺在床上，倾听着那些动静。光听那声音就知道，今天要休渔了。按这势头，大概是既不能修理渔具或织鱼网，也没法干青年会的捕鼠工作了。

贴心的儿子不愿惊醒身旁熟睡的母亲，便待在被窝里一心等着窗户泛白。房子被猛烈地摇撼着，窗户嘎吱作响。不知哪儿传来了马口铁板倒地的刺耳巨响。歌岛上，家家户户的布局完全一样，无论是大房子还是新治家那种小平房，均是门口“土间”①，左厕所，右厨房。在暴风雨疯狂肆虐间，静静飘荡在空中的，是黎明前的黑暗里弥漫在家中的唯一的气味——那暗淡的、阴冷的、令人浮想联翩的厕所味。

面朝邻居家仓库墙壁的窗户迎来了姗姗来迟的泛白。新治抬眼看了看外头敲打着房檐、冲洗着窗玻璃的暴雨。前一刻，他还对同时夺走了他劳动的喜悦和收入的暴风雨恨之入骨；而此时，这样的日子在他心里足以媲美良辰佳节。这佳节并没有蓝天、国旗和闪闪金球的装点，而是由疾风迅雨、惊涛骇浪和横扫着已臣服的树枝的猎猎风吼装饰而成。

青年再也等不下去了，他从榻榻米上一跃而起，套上破洞四起的黑色圆领毛衣，穿上了裤子。不一会儿，母亲被惊醒，见昏暗的窗前站着一个男人的身影，大喝一声：

“啊！是谁？！”

“是我。”

“吓死我了。今天这狂风暴雨的，还要出海吗？”

“今天休渔。”

① 土间，传统日式房屋内，不铺地板的地面或仅用三合土铺面的地方。

“休渔的话怎么不多睡会儿。哎哟，我还以为家里进陌生人了呢。”

刚被惊醒的母亲第一印象还真是准。儿子看上去确实像个陌生的汉子。平日里寡言少语的新治，时而放声高歌，时而攀在门框上方的横木上做器械体操的动作。

母亲骂他，要把房子给弄塌了。

“外头是暴风雨，屋里也是暴风雨。”她发了一通莫名其妙的抱怨。

新治多次站起来，看向已被熏黑的挂钟。他那不擅长怀疑的心，使他半点儿都没怀疑姑娘是否真会冒着暴风雨去赴约。青年的心缺乏想象力，不安也好，喜悦也罢，他都不懂要如何用想象力将它们放大并复杂化，用以打发这段忧郁的闲暇时光。

按捺不住等待的心情了，他披上橡胶雨衣，见大海去了。他隐隐觉得，只有大海能回应他，和他进行无声的对话。激浪冲上防波堤，迸发出可怕的轰鸣声后溃散而去。昨晚接到暴风雨预警，所有船只都被拉到了高处。浪花翻卷成水线直扑过来，距离之近超乎想象。巨浪往回撤时，港口内部的水面倾斜着急泻而下，水底几乎要露出来了。浪头的飞沫裹挟着雨水，扑向新治滚烫的脸。水顺着他的鼻梁滑下，那浓烈的咸味使他联想到了初江双唇的味道。

云团飞速飘过，昏暗的天空也随之忽明忽暗，变幻不定。天际深处，蕴含着光线却不透明的云团时不时探出头来，给人天要放晴的预感，随即又消失得无影无踪。新治一心观察着天象，并未留意到浪花已来到脚下，打湿了木屐的带子。他脚下躺着一枚美丽的粉红色小贝壳，或许是方才那波海浪送来的。拾起一看，贝壳形状完整，就连纤细而轻薄的边缘都丝毫无损。青年寻思着可以将它作为礼物，便收在了兜里。

中饭刚落肚，他便开始着手出门的准备。母亲洗着碗筷，注视着儿子又一次在暴风雨中外出的背影。她没敢问他要去哪儿，因为儿子的背影散发着一种不容过问的气场。她很懊悔，自己怎么没生出一个终日待在家里、可以帮自己料理家务的闺女。

男人们出海捕鱼，坐着机帆船去各式各样的港口运货。而女人们与那个宏阔的世界无缘，她们日复一日地做饭、打水、采海藻，夏日里则潜到深深的海底去。在海女中也算经验老到的母亲很清楚，海底那个泛着微光的世界才是女人们的世界。大白天里都显得幽暗的家、分娩时黑暗深渊般的苦痛、昏暗的海底，这些构成了一系列熟悉的世界。

母亲想起了前年夏天一位和她一样的寡妇猝死的情形。那人身子孱弱，带着个没断奶的孩子。寡妇从海底捕捞完鲍鱼上岸，烤着火时猝然倒下。她倒在地上，翻着白眼，发青的嘴唇咬得紧紧的。在黄昏的松林中火化她的尸体时，海女们悲伤到无法站立，蹲在地上号啕痛哭。

奇怪的传言不胫而走，有些海女便不敢潜水了。人们传言，说是死去的海女在海底看了不该看的东西，遭到了报应。

新治的母亲对这个传言嗤之以鼻，反而潜入更深的海底，收获了比任何人都丰硕的成果。因为她早已决定，绝不让自己的心因未知之物而烦恼。

即使是这样的回忆也没能伤害到她，天生乐观的性格使她为自己的健康感到自豪。和儿子一样，门外肆虐的暴风雨反而勾起了她愉悦的心情。洗好碗碟后，她借着嘎吱嘎吱作响的窗户透进来的微光，撩开衣摆，伸出双腿仔细端详了一番。这双被日光照得黝黑的成熟大腿上不见一丝皱纹，丰腴的肌肉有如神明庇佑一般，散发着几近琥珀色的光泽。

“看这样子，还能再生三五个娃哪！”

这个想法刚冒头，贞洁的内心突然恐惧起来，她便整了整仪容，去丈夫牌位前拜了拜。

青年走在通往灯塔的坡道上，雨水奔流而下，冲刷着他的腿脚。松涛呜呜作响。长筒靴寸步难行，他并未撑伞，感觉雨水顺着他那理着平头的头皮流进了衣领。但青年依然迎着暴风雨向上攀登。他并非要与风暴对抗，眼下他的内心在大自然的狂躁中感知到了一种难以名状的亲切感，正如他在与宁静的大自然的交集中找到了安宁的幸福一般。

透过松林的间隙俯瞰海面，无数白浪滚滚袭来。连海角尖端那高耸的岩头也频频遭受巨浪盖顶。

拐过“女儿坡”，灯塔长官舍的平房映入眼帘。所有门窗紧闭、帘缦低垂，似乎已在暴风雨中做小伏低。他走上通往灯塔的石阶。门窗紧闭的值班室今天也不见值班员的身影。玻璃门被雨沫打湿，呜呜声不绝于耳。屋里，是面对着紧闭的窗户淡然而立的望远镜、被窗缝里灌入的风吹乱的桌面文件、烟斗、海上保安厅的制服帽、造船厂挂历（上面画着花里胡哨的新款船）、挂钟，还有随手挂在柱钉上的两把巨大的三角尺……

青年抵达观测所时，连贴身衣物也湿透了。在这寂静无声之地，暴风雨肆虐得格外凶猛。此处靠近歌岛之巅，周围没有任何遮挡物，可以清晰地看到暴风雨在空中肆意猖獗之状。

废墟三面开大窗户，不仅丝毫不能防风，反倒引风雨入室，任其乱舞。从二楼窗户远眺太平洋的宏伟壮景，虽说视野受云雨遮挡变得狭窄，但海波翻出片片白浪汹涌袭来的景象在阴暗的云雨的晕染下模糊了界限，反而令人联想起无边无际的狂野风光。

新治沿着外侧的楼梯走下，观察了上次来帮母亲取柴火的一楼。他发现那里恰好适合挡风。原本好像用来当储物间的这层楼只有两三扇极小的窗户，且只有一扇玻璃破损。看得出原来一堆堆的松叶捆分别被运走的痕迹，只有角落里还剩下四五捆。

“简直就像监狱！”新治闻着霉味，想道。这时风雨被挡在外头了，浑身湿透的寒意也忽然袭来，他打了个大大的喷嚏。

他脱下雨衣，在裤兜里摸索着火柴。船上生活的小心谨慎教会了他——出门要带火柴。还没摸到火柴呢，他的手指就触碰到了早晨在海滨拾到的贝壳。掏出来，举到眼前借着窗外的光一看，粉红色的贝壳仿佛仍然浸泡在潮水中一般，散发着鲜艳的光泽。青年心满意足，又将它藏进了兜里。

潮湿的火柴很难划着。他从一把散了的柴火捆里取出枯松叶和木柴，堆在混凝土地板上。室内弥漫着烟雾，直到阴沉沉的烟燃烧起来，变成闪闪的小火苗。

青年在火堆旁抱膝坐下，剩下的只有等待了。

他在等待。没有丝毫的不安，为了打发时间，青年将手指插进黑毛衣上的各处破洞并将它们撑大。身体渐渐回暖的感觉和户外的风雨声使他精神恍惚起来，深信不疑的忠诚心带来的幸福感充斥着全身。天生缺乏想象力，自然也就没有烦恼。等着等着，他将头枕在膝盖上，坠入了梦乡。

等新治一觉醒来，映入眼帘的是丝毫不曾衰微的火焰。火焰的对面伫立着一个陌生的朦胧身影。新治心想：该不是在做梦吧？那是一位裸体少女，正低头站着烘烤自己的白色胸衣。因为双手放低了托着胸衣，她的上半身便完全裸露出来。

当新治确定这一切不是梦时，便生出一个狡黠的念头，打算假装仍在熟睡，偷偷将眼睛睁开一条细缝，纹丝不动地欣赏下去，初江的身体又实在太美了。

海女的习惯似乎让她并未对用火烘烤湿漉漉的全身感到犹豫。她到约会地点时，看到一堆火，而男子沉睡着。兴许是孩子般的灵光一现，她打算趁男子睡觉期间尽快将被淋湿的衣物和身体烘干。换而言之，初江并未意识到自己是在男子面前裸体，不过是碰巧只见那里有火堆，便在火堆面前脱光了衣物罢了。

若新治是个熟知女人滋味的青年，就一定能看出，在这暴风雨包围下的废墟中，站在火堆对面的初江裸体正是黄花闺女的玉体。不算白皙的肌肤历经潮水的洗礼，光滑而紧致；仿佛害羞得不敢相互正视的一对坚挺而小巧的乳房，在那可忍受长时间潜水的宽阔胸脯上，托起一对蔷薇色的蓓蕾。新治担心被她识破，仅将眼睛睁开一条细缝，所以那身姿就保持着朦胧的轮廓，透过几乎蹿到天花板的火苗，在火光的摇曳中映入眼帘。

然而，青年不经意间眨了眨眼，使他那被火光放大的睫毛影子在脸上倏然一动。少女眼疾手快地拉起尚未干透的白色胸衣遮住前胸，大喊道：

“不许睁眼！”

忠实的青年用力闭上了眼睛。他琢磨着，自己装睡确实是不对的，可是睡醒了也不是谁的错。于是，他从这个冠冕堂皇的理由中汲取了勇气，再次睁大了那双好看的乌黑眸子。

少女无计可施，但又没打算穿上胸衣。她再一次用尖锐清脆的声音叫道：

“不许睁眼！”

然而，青年已不想再闭上双眼了。虽然自打出生以来，他已对渔村女人的裸体司空见惯，但还是第一次见到自己心仪之人的裸体。而且他不能理解，仅因为裸体这个理由，初江和自己之间就出现了隔阂，连日常的寒暄和亲密接触都变得困难起来。少年特有的直率驱使他站起身来。

青年和少女隔着火堆面对面站着。青年向右略微挪动一下身体，少女也随即向右躲开一些。两人之间永远隔着火堆。

“为什么要躲？”

“可是，我会害羞的嘛。”

青年并没有说“那就把衣服穿上吧”，因为他想多看一会儿少女现在的样子。于是，接不下话茬子的他抛出个孩子般的问题：

“要怎么做你才能不害羞啊？”

接下来，少女的回答委实天真无邪，却令人大跌眼镜：

“你也脱光，这样我就不害羞了。”

新治很是为难。但瞬间的犹豫过后，他一声不吭地脱起了圆领毛衣。他担心少女会不会在自己脱毛衣的期间跑掉，所以，即使是毛衣脱到一半盖住脸的那瞬间，他也没有放松警惕。麻利地脱下衣服甩到一边后，一个比穿着衣服时更俊美的青年的半裸体昂然而立，全身上下只留一条兜裆布。不过因为新治的一颗心都扑在初江身上了，等羞耻感回到他身上时，已是下面的你问我答之后了。

“这下不害羞了吧？”

他的语气略带咄咄逼人之势，而少女并未意识到这句话的可怕之处，又寻了个出人意料的托词：

“不！”

“为什么？”

“你还没脱光呢。”

火焰照耀下，青年的身体因羞耻而变得通红。他的话到嗓子眼又卡住了。新治向前逼近，指尖几乎要嵌入火中。他凝视着在火光中身影摇曳的少女那白色的胸衣，好不容易开了口：

“你把那个拿掉的话，我也脱。”

这时，初江不由得莞尔一笑。无论是新治还是初江自己，都没有察觉到这微笑究竟意味着什么。少女将遮着前胸和下半身的白色胸衣甩到身后。青年见状，就像雄赳赳的雕像一般傲然挺立，凝视着少女在火光映照下熠熠生辉的双眸，解下了兜裆布的带子。

这一刻，暴风雨突然被堵在窗外止步不进了。虽说此前，同样强烈的暴风雨也围着废墟疯狂肆虐，而这一瞬间，他们才切实地感受到暴风雨近在咫尺，高高的窗户正下方，太平洋正肆无忌惮地激荡着这种持续不断的狂躁。

少女倒退了两三步。没有出口。少女的后背抵着被煤烟熏黑的混凝土墙壁。

“初江！”

青年喊道。

“从那火堆上跳过来！你从那火堆上跳过来呀！”

少女气喘吁吁，但依然用兴奋的清脆嗓音说道。未着丝缕的青年丝毫没有犹豫。他踮了踮脚尖发力，在火光映照下，他的身体猛地直扑向火堆。刹那间，那身体已抵达少女眼前。

他的胸脯轻轻碰触到少女的乳房。“就是这种弹性。先前我想象的，她那件红毛衣下的东西就是这种弹性！”青年激动地想道。二人搂抱在一起。少女首先身躯一软，倒下了。

“松针好扎人啊。”

少女说道。青年一把抓过白色胸衣，打算铺在少女身后，但被拒绝了。初江的双手已不再拥抱青年了。她缩回膝盖，就像孩子在草丛里捉虫子时那样，双手将胸衣团起来，固执地护着自己的胸部。

接着，初江说出了颇富道德意味的话：

“不要！不要……出嫁前的姑娘可不能做那事！”

青年心生胆怯，有气无力地问道：

“无论如何都不行吗？”

“不行！”——因为少女是闭着双眼的，既像训诫，又像哄劝的话便脱口而出。“现在不行。我已决定嫁给你了，在出嫁之前，无论如何都不行啦！”

新治的内心对关乎道德的事怀着盲目的虔诚。首先，他还从未与女人有过肌肤之亲，当感觉到自己似乎已触碰到女人这种生物的道德核心，他便没有强求。

青年伸出双臂拥着少女的胴体，两人听着对方赤裸的身体传来的心跳。长长的亲吻折磨着欲望未得到满足的青年，但从某一瞬间起，这种痛苦竟转化为奇妙的幸福感。势头略减的火苗时不时往上蹿，两人听着火堆发出的噼啪声、暴风雨掠过高窗时的呼啸声与两人的心跳声交织在了一起。此时此刻，新治感觉到，这种永无止境的陶醉的心境与窗外可怕的海潮轰鸣、摇撼树梢的狂风怒号，在大自然的同一种高频中波动起伏着。这种感情中，蕴藏着天长地久的清净之福。

青年挪开了身子，并用充满男子汉气概的稳重语气说道：

“今天在海边捡了个很美的贝壳，想送给你，就带来了。”

“谢谢！给我看看啊！”

新治回到自己刚才扔衣服的地方，穿起了衣服。与此同时，少女也平静地将胸衣裹在身上，整理装束。两人的穿衣动作极其自然。

青年拿着美丽的贝壳，走到已经穿好衣服的少女身边。

“哇！很美！”

少女将贝壳表面对着火苗反射着光线，玩得不亦乐乎。她将贝壳插进自己的秀发中，说道：

“好像珊瑚一样呢，不知道能不能当发簪子？”

新治坐在地上，身体贴着少女的肩膀。因为两人都穿上了衣服，便简简单单地接了个吻。

踏上返程时，暴风雨仍未停歇。原本他们顾忌灯塔里的人会看到，习惯了在还不到灯塔的地方就分头走，但这次新治没能坚持下去，他护送着初江，尽量挑好走的路下到了灯塔背后。大风从灯塔方向直扑石阶，两人依偎着走下了石阶。

千代子回到岛上父母身边，第二天起便因百无聊赖而烦恼了。新治也没有来访。行为礼仪学习例会举办时，村里的姑娘们都来了。当千代子知道那个新面孔就是安夫提到的初江时，便觉得初江那张洋溢着乡土气息的脸蛋比岛民们描述的还要美。这是千代子奇特的优点。一般多少有点自信的女子，都会迫切地想要议论其他女人的缺点，而千代子却比男性还坦率，承认除了自己以外的女人的所有类型的美。

无所事事的千代子开始学习英国文学史。她对维多利亚王朝的才女诗人——克里斯蒂娜·乔治娜、阿德莱德·安妮·普鲁克特、吉恩·英格娄、奥古斯塔·韦伯斯特、爱丽丝·梅奈尔夫人等作家的名字和作品一无所知，却像背诵经文一样背了下来。千代子擅长死记硬背，她的笔记上甚至记录着老师打的喷嚏。

母亲则在一旁拼命地跟着女儿汲取新知识。上大学本是千代子自己的愿望，母亲的热忱支持扭转了父亲迟疑的态度。从一座灯塔到另一座灯塔、从一个孤岛到另一个孤岛的生活，撩拨起这位母亲对知识的渴望，她总是将梦想描绘到女儿的生活中，看不到女儿内心那小小的不幸。

暴风雨的前一晚开始，强风越刮越猛。母女俩陪着责任心强的灯塔长彻夜未眠，暴风雨那天他们便睡了个懒觉，难得地将早午两餐并作了一餐。碗筷收拾好了，一家三口被困在屋里，静静地打发时光。

千代子开始想念东京。即使在这种暴风雨的天气，汽车依然若无其事地来来去去，电梯照例升升降降，电车里依旧挨挨挤挤，那样的东京令她心生怀念。那里的大自然基本已被征服，余留的大自然威力则被视作敌人。而这座岛上，所有岛民视大自然为友，袒护着大自然。

千代子学累了，便将脸贴在窗玻璃上，注视着将自己困在房里的暴风雨。暴风雨是单调乏味的。海潮的轰鸣就像醉汉的车轱辘话一样，惹人心烦。不知为何，千代子想起了一位同学遭到心上人强暴的传闻。那位同学深深地爱慕恋人的温柔和优雅，还四下显摆。但那一夜之后，她竟爱上了那男子的暴力和私欲，并对任何人都守口如瓶。

这时，千代子视野中出现了新治的身影，他和初江依偎着，从暴风雨肆虐的石阶上走下来。

千代子自认为长了一张丑脸，相信这张脸的功效——一旦定型，便能比漂亮的脸蛋更巧妙地伪装感情。这位少女所相信的“丑”，其实是她所相信的石膏般的面具。

她将脸从窗户上转了过来。母亲在地炉旁做着针线活儿，父亲一言不发地抽着“新生”牌香烟。门外风雨肆虐，屋内全家团圆。没有人察觉到千代子的不幸。

千代子又转向书桌，打开了英语书。她发现满眼都是印刷字，脑海中却反映不出单词的含义。其间，一只鸟儿忽高忽低飞翔的幻影在她眼前晃动。那是一只海鸥。千代子琢磨了一番。自己回岛途中在飞过铁塔的海鸥身上卜的那个小小的卦，原来应验的是这件事。

第九章

阿宏在旅途中寄来的快信到了。若是寄平信，没准他本人回岛要比信还快，所以他在印着京都清水寺照片的明信片上盖了“参观纪念”的紫色大印，用快信寄了回来。母亲还没看信就怒骂起来：“还寄什么快信，太浪费了！现在的孩子真是不懂得钱的金贵！”

阿宏寄来的明信片上，只字未提名胜古迹，写的全是第一次去电影院的事。

“住京都的头一晚，允许自由活动，我便马上和阿宗、阿胜三人去了附近的电影院。非常气派，简直像座豪宅。但座椅又窄又硬，就像坐在鸟笼里的栖木上一样，硌得屁股疼，一点都静不下心来。没多久，后排的人开始叫：‘坐下！坐下！’我们还觉得奇怪，自己明明是坐着的。于是后排的人特意教我们怎么坐。原来那是折叠椅，要放下后才是椅子。三个人出了洋相，都难为情起来。试着把椅子放下一坐，真柔软！简直像天皇陛下坐的椅子，真想让妈妈也坐一回这样的椅子。”

母亲让新治给她念明信片，听到最后一句时竟哭了起来。接着，母亲面对佛龛高举明信片，逼着新治也一起祈祷，请神明保佑旅途中的阿宏在前天的暴风雨中平安无事，保佑他到后天回岛为止都一路平安。不一会儿，又如梦初醒一般，开始大骂哥哥读书写字样样不行，还是弟弟脑子好使。所谓的脑子好使，也就是能让母亲心情舒畅地哭上一场。母亲忙不迭地将明信片拿到阿宗和阿胜家展示一番，之后和新治一起去公共澡堂洗澡。在水汽腾腾中见到邮局局长太太时，母亲还将赤裸的膝盖跪在地上，感谢邮局准时送来了快信。

新治洗澡速度快，洗完便在澡堂门口等母亲从女澡堂入口出来。澡堂的屋檐上装饰着彩漆已经剥落的木雕，袅袅蒸汽盘旋在房檐下。夜晚暖意袭人，大海风平浪静。

新治发现了一个男子的背影，正站在二三间[①] 开外的地

① 间，长度单位，1 间约为 1.82 米。

方，仰望着檐头。那人双手插在裤兜里，脚上的木屐有节奏地敲打着地面的石板。夜色中看过去，那是一个穿着棕色皮夹克的背影。岛上能拥有这种昂贵皮夹克的人不多。那人确实是安夫。

新治正要搭话，碰巧安夫也回头了。新治刚要露出笑容，安夫却面无表情地盯着他，随后转身扬长而去。

对于朋友的不善举动，新治也没放在心上，只是心生诧异。这时，母亲从澡堂里出来了，他便和平日里一样，一言不发地和母亲一起向自家走去。

昨天是暴风雨后的艳阳天，安夫刚出海回来，千代子就来访了。她说，自己和母亲一起来村里买东西，顺便过来的。母亲到附近的合作社社长家去了，她就独自来安夫家了。

从千代子口中听到的那件事，将安夫这个轻浮青年的自尊击得粉碎，他思考了一个晚上。第二天晚上，当新治看到他时，他正在看横亘村中央的坡道旁一间屋子的屋檐下挂着的值班表。

歌岛缺水。农历新年时旱情最为严重，村民们为了争水而大打出手的事层出不穷。一条涓涓细流沿着村中央的小石路分段流下，小河的源头便是村里唯一的水源。梅雨季节或暴雨过后，小河水便化为湍急的浊流，女人们在河边洗着衣服，议论着家长里短；孩子们也可以为自制的木头军舰举办下水仪式。可一到旱季，小河就成为奄奄一息的干涸沼泽，连冲走一粒尘埃的力量都消失了。水源是一股泉水。或许下到海岛高处的雨水被过滤后都汇入了这股泉水，岛上并无其他水源。

于是，不知从何时起，村政府决定实行排班打水制，按周轮换。打水属于女人的工作。只有灯塔使用的是过滤后存在水槽里的雨水，全村靠泉水生活的家庭都会被摊派打水任务，轮到深夜值班的家庭不得不忍受不便之苦。不过，深夜值班几周后，又会轮到早晨较为方便的时段。

安夫正仰望着这份挂在全村人流最大处的值班表。恰好凌晨两点的时段上写着“宫田”二字，那是初江的班。

安夫咂了咂嘴，这会儿要是还在章鱼捕捞季就好了，早上可以晚些出海。但现在是乌贼捕捞季，黎明前必须到达伊良湖岬的渔场。家家户户都是凌晨三点起来做早饭，性子急的人家不到凌晨三点就升起了炊烟。

话说回来，初江的班不是凌晨三点，还算可以。安夫对自己发誓，一定要在明天出海前将初江弄到手。

正当他仰望着值班表暗下了这个决心时，看到了站在男浴池门口的新治。他的内心被憎恨填满，就连平日里的派头都忘到了九霄云外。他匆匆赶回家，瞟了一眼餐厅，伴着收音机里响彻全家的浪花曲[①]，父亲和大哥在一边听曲儿，一边吃饭喝酒。他回到二楼自己的房间，狠命抽起香烟来。

依安夫的常识推理，事情是这样的。玷污了初江的新治肯定已经失了童贞。这家伙在青年会时总是摆出一副孩子般的面孔，老老实实地抱着膝盖对别人的意见洗耳恭听，没想到竟然已经和女人发生过关系了。这个小狐狸！而且，在安夫看来，新治那张脸怎么看都不像表里不一的脸。而结果呢——这个想象让他太难以接受了——新治居然堂堂正正地凭着一种无比率真的心性玷污了女人。

那一晚，安夫为了不让自己睡着，在被窝里掐着自己的大腿。其实他大可不必那样做。对新治的憎恨和针对抢在自己前头的新治的竞争心已足以使他夜不能寐。

安夫有一块夜光表，常向大伙儿炫耀。当晚，他并未摘

① 浪花曲，一种三弦伴奏的民间说唱歌曲。

下手表，穿着夹克和裤子就悄悄钻进了被窝。时而将手表凑到耳边听听，时而盯着发出荧光的表盘看看。安夫觉得，单凭他这块高档手表，便足以招女人喜欢。

夜里一点二十分，他溜出了家门。因为时值深夜，涛声虽响，但皓月皎洁，村里万籁俱寂。路灯分布在码头上一个，村中央坡道上两个，半山腰泉眼处一个。这里除了渡轮便是清一色的渔船，所以也没有照亮海港之夜的桅灯，家家户户的灯火早已熄灭。昏暗厚重的屋顶鳞次栉比，让乡间的夜晚显得严肃庄重。但这个渔村的屋顶铺的是瓦片或白铁皮，倒没有夜间的茅草屋顶那种瘆人的压迫感。

安夫穿着不会发出声响的运动鞋，健步如飞地奔上山。他穿过花蕾半开的樱花树环拥下的小学操场。这是最近刚扩建的运动场，树是从山上移植过来的。一株年幼的樱花树被暴风吹倒了。月光下，黑漆漆的树干横亘在沙坑边。

安夫沿着小河登上石阶，到了能听到泉水叮咚的地方。路灯照亮了泉水的大体轮廓。这里安了个石槽，承接自长满苔藓的岩石缝中流下的清水，水流从水槽边缘的苔藓上滑过时，看上去完全不像水在流动，反倒像极了苔藓被涂上一层精美透明的釉彩。

泉水边的树丛深处，猫头鹰在啼鸣。

安夫躲到路灯背后。惊起一只小鸟，振翅飞走了。他倚在榆树粗壮的树干上，瞪着手腕上的夜光表，等待着。

两点刚过，初江肩上挑着水桶，出现在小学的庭院里。月光清晰地勾勒出她的身姿。对女性的身体来说，深夜劳作并不轻松。但歌岛上的男女不论贫富，都必须完成自己的任务。不过，身为海女的劳作练就了初江强健的体魄，她似乎全然不以此为苦。她那前后晃荡着空桶拾级而上的身姿，反倒流露出一种愉快的情趣，仿佛是个对这种时间不合理的工作兴致勃勃的孩童一般。

安夫原本盘算着，等初江来到泉边放下水桶那一刻便飞奔出去。不过他还是踌躇了一下，决定耐着性子等到初江打完水。他摆出准备随时冲出去的架势，伸出左手高高地抓住树枝，身体纹丝不动。他将自己当成一尊石像，听着粗重的倒水声，通过那双往桶中装水的长着冻疮、冻得通红的大手，凭空想象女子健康鲜嫩的胴体，乐在其中。

安夫抓着树枝的手腕上，他引以为豪的那只夜光表散发着荧光，秒针发出细微而清晰的嘀嗒声。没想到，这一切惊醒了沉睡在树枝上搭了一半的蜂巢中的马蜂们，似乎勾起了它们强烈的好奇心。一只马蜂小心翼翼地飞到手表上。接着，马蜂发现这只散发着微光、有规律地作响的奇怪甲虫居然披着光滑冰冷的玻璃铠甲，所以它的希望似乎落空了。于是，它将毒针移到安夫手腕处的肌肉上方，狠狠地刺了下去。

安夫发出惊叫。初江吓了一大跳，扭头看了过来。初江是绝不会大喊大叫的，她以迅雷不及掩耳之势将扁担从绳子上解下来斜握着，摆好防身架势。

安夫以一种自己都觉得狼狈不堪的姿态出现在初江面前。少女保持着防身姿势，倒退了一两步。安夫寻思着，这下子还是开个玩笑掩饰过去为好，便傻笑起来，说道：

“哈！吓了一跳吧？以为是个妖怪吧？”

“什么嘛，是安夫哥呀！”

“想躲在这吓唬你来着。”

“你怎么深更半夜的跑这儿来了？”

少女还不太清楚自己的魅力。原本只要仔细想想便会明白，但眼下，她当真以为安夫只是为了吓唬自己才躲在那里的。这种想法为安夫提供了可乘之机，转眼间初江手中的扁担被抢走，右手手腕被抓住。安夫的皮夹克发出咯吱咯吱的响声。

安夫好不容易恢复了威严的表情，瞪着初江的双眸。自以为在镇定自若、堂堂正正地说服女人的安夫并未察觉，原来自己是在模仿想象中新治在这种场合时堂堂正正的姿态。

“听好了！不按我说的做，后果很严重哦！你和新治的事不想暴露的话，就得听我的吧！”

初江涨红了脸，气呼呼地说道：

“放手！和新治的事，是什么事？”

“你别装傻！你和新治私通，居然把我撇在一边。”

“别瞎说！我们什么都没有做。”

“我一清二楚！暴风雨那天，你和新治上山做什么了……看看，你看看，脸都红了……听话，跟我也做一回那种事。没关系的，没关系的。”

“不要！不要！”

初江扭动着身子，想要挣脱。安夫不让她逃脱。他寻思着，若是事还没成就让初江跑了，她一定会告诉她父亲。可要是生米煮成了熟饭，她应该就不会对任何人说了。安夫特别爱看城里低俗杂志上经常刊登的“被征服”的女人的自白之类的故事。让女人哑巴吃黄连有苦说不出，这一招太棒了。

安夫终于将初江按倒在泉边。一只水桶被打翻，水浸润了铺满苔藓的地面。路灯照在初江脸上，她那小巧的鼻翼翕动着，双眼圆瞪，眼白清亮，一半头发泡在水里。她猛地一噘嘴，安夫下巴被吐上了一口唾沫。这一举动越发勾起了安夫的情欲，他感受着自己胸脯下方那剧烈起伏的胸脯，将脸强行压在初江的脸颊上。

这时，他突然发出一声惨叫，跳了起来。原来马蜂又蜇中了他的脖子。

愤怒之余，他胡乱挥舞着双手企图捉住马蜂。趁着他手舞足蹈的空当儿，初江已逃到石阶那头去了。

安夫狼狈不堪。他手忙脚乱地赶走了马蜂，再次如愿地逮住了初江。但他自己也搞不清楚，自己在那一瞬间究竟干了什么。他总算抓住了初江。当他又一次把初江那丰腴的胴体推倒在苔藓上时，精明的马蜂则停落在他的臀部，透过裤子将毒针深深刺入他的肌肉。

安夫跳了起来。已经有了逃跑经验的初江这次逃到了泉水背后，她钻进树林，在羊齿叶的遮挡下，边跑边找了块大石头。高高举起石头，总算缓过气来的初江俯视着泉水边。

老实说，在此之前初江并不知道是何方神圣救了自己。当她惊讶地看着安夫在泉水边疯狂地舞动时，才发现这一切都是机灵的马蜂的杰作。安夫在空中挥舞的指尖，正好对着路灯，一双小小的金色翅膀横飞了过去。

看来安夫终于赶跑了马蜂，他茫然地站着，用毛巾擦了擦汗。接着他又四下搜寻初江的身影，却一无所获。他小心翼翼地将双手围成喇叭状，低声呼唤着初江的名字。

初江故意将脚下的羊齿叶踩得沙沙作响。

“喂！你在那儿啊！下来吧，我什么也不会做的。”

“不要！”

“我叫你下来。”

他本打算上去，但初江举起了石头，他便畏缩了。

“你这是干什么？多危险啊……你要怎么样才肯下来？”

安夫本可以直接溜之大吉，可又怕初江向她父亲告状，便纠缠不休地追问：

“……哎，我要怎么做你才肯下来呀？你要向你爸告状吗？”

没有回答。

“哎，别向你爸告状啊！我要怎么做，你才能不告状？”

“打水，替我把水挑到家里。”

“真的？”

“真的。”

“照爷可是很吓人的！”

说来也着实可笑，紧接着安夫默默开始做的事就像被某种义务观念裹挟了一般。他扶起倒在地上的水桶，重新打满水，把扁担穿过拴着两个桶的绳子，挑在肩上迈开了步子。

过了一会儿，安夫回头看了看。不知何时，初江跟在他身后不到两米的地方。少女脸上没有一丝笑容。安夫站住，她也站住；安夫沿着石阶往下走，她也开始往下走。

村里依旧万籁俱寂。月光如水，洒向每家每户的屋顶。两人朝着村子，沿着石阶一级级往下走。脚下四处传来此起彼伏的鸡鸣，宣示黎明已近。

第十章

新治的弟弟阿宏回岛了。母亲们站在码头迎接自己的儿子。天空飘洒着蒙蒙细雨，看不清远处的海面。到了离码头一百米左右的地方，渡轮才从薄雾中探出身影。母亲们喊着自己各自儿子的名字。船的甲板上，孩子们挥舞着的帽子和手帕已渐渐清晰可见。

船靠岸了，中学生们虽然见到了各自的母亲，但也只是笑了笑，便继续和小伙伴在海边嬉闹。他们不愿被小伙伴看见自己和母亲撒娇的情形。

回到家后，阿宏的兴奋情绪依然没有消退，显得有些心神不宁。丝毫不提名胜古迹之类的话题，说的话题净是些住旅馆时，夜里小伙伴要上厕所，觉得害怕就把他叫醒了一起去，害他第二天困得要死之类的。

阿宏确实带回了某种强烈的印象，但他不知道应该如何表达出来。当他试图回想起一些什么的时候，想起的却是发生在一年前的事。比如他在学校走廊的地板上涂蜡，让女老师滑倒而自己偷乐之类的。那些闪闪发光的、倏地出现在自己身边随即擦肩而过、销声匿迹的电车、汽车、高楼大厦、霓虹灯等令人惊奇的东西都到哪里去了呢？和他出门前一样，这个家中有的是碗柜、挂钟、佛龛、炕桌、梳妆台，还有母亲，还有灶台和脏兮兮的榻榻米。对于这些东西，无须开口也能心领神会。然而这一切，甚至母亲都央求他说说旅行的见闻。

等到哥哥新治回家时，阿宏总算平静下来了。晚饭后，阿宏当着母亲和哥哥的面翻开了笔记本，泛泛地将这次的旅行概述了一通。于是，听完后大家心满意足，便不再央求他继续讲了。一切回归原点，无须开口也能心领神会。碗柜、挂钟、母亲、哥哥、被烟火熏黑的灶台、大海的喧嚣……阿宏在这一切事物的包围中，坠入了梦乡。

阿宏的春假已经接近尾声。因此，从早上起床后直到晚上睡觉前，他都在拼命地玩耍。岛上供他们玩耍的场地丰富多彩。自从在京都和大阪第一次看了早有耳闻的西部电影后，阿宏的小伙伴间流行起一种新鲜的玩法——模仿西部电影。隔着海看到志摩半岛的元浦一带升起山火的浓烟，他们便自然联想起印第安人城堡中袅袅升腾的狼烟。

歌岛上的鱼鹰是候鸟。每到这个季节，鱼鹰的身影便逐渐消失了。全岛处处响着夜莺的啁啾。听说冬天迎风站在通往中学的陡坡顶点，能把人的鼻子冻红，因此那里被称为“鼻红岭”。不过眼下，无论倒春寒如何厉害，也冻不红鼻子了。

歌岛南端的弁天海角便是他们模仿西部电影的舞台。沿着海角西侧海岸上清一色的石灰岩巨石攀爬上去，就到了一个岩洞的洞口，这是歌岛最神秘的场所之一。从宽一米半、高七八十厘米的小洞口不断爬向深处，蜿蜒曲折的路逐渐宽敞起来，眼前出现一个三层楼高的大洞窟。进到这个洞窟前，四处伸手不见五指；进了洞窟后，空气中弥漫着一种奇妙的微光。在肉眼无法企及的纵深处，洞窟与海角相通，自东海岸涌进的潮水在深深的竖坑底下涨涨落落。

顽童们单手举着蜡烛进了岩洞。

“哎！小心点儿，危险哪！”

他们互相提醒着，向阴森森的洞内爬去。他们瞅了瞅彼此的脸，蜡烛的光影将他们的面庞晕映出些许粗犷感。于是，他们都为烛光照耀下彼此的脸上未能长出乱蓬蓬的胡子而心生遗憾。

小伙伴共三人，即阿宏、阿宗和阿胜。一行人打算爬进洞窟深处探寻印第安人的宝藏。

进了洞窟后，终于可以站起身来。好巧不巧地，带头的阿宗头上竟缠上了厚厚的蜘蛛网。

“哎哟，头上戴了那么多饰品，那就你来当酋长吧！”

阿宏和阿胜起哄道。

不知哪位先人曾在洞壁上刻了梵文，如今已经爬满苔藓，他们将三根蜡烛立在梵文下面。

从东海岸流入竖坑的潮水猛烈地拍打着岩石，发出巨大的动静。这惊涛拍岸的声音，在外头听和洞里听的感觉截然不同。滚滚水声撞击在石灰岩壁上，激荡出阵阵回响，那轰鸣声重重叠叠，使整个洞窟都隆隆作响，仿佛被什么东西摇撼着。想起来历不明的七条大白鲨会在旧历六月十六到六月十八期间突然现身的传说，他们感到不寒而栗。

在少年们的游戏中，角色可以自由切换，敌我立场也可以随意更替。两人将头上粘着蜘蛛网的阿宗推举为酋长后，便摒弃了先前边境守卫队员的身份，摇身一变成为印第安人的随从，询问酋长海浪声发出的可怕巨响是怎么回事。

阿宗也心领神会，威风十足地坐在烛光照耀下的岩石上。

“酋长大人，那可怕的声响究竟是何物？”

阿宗语气严肃，答道：

“那个呀，那是天神在发怒！”

“如何才能请神灵息怒呢？”

阿宏问道。

“是啊！除了供奉祈祷别无他法。”

大家将从母亲那里要来或偷来的脆饼和馒头摆在报纸上，供奉在竖坑正对面的一块岩石上。

酋长阿宗从两人中间穿过，静静地走到祭坛前面，拜倒在石灰岩地面上，并高举双臂，口中念着即兴创作的奇怪咒语，上半身一抬一弓地祈祷着。阿宏和阿胜也在身后，跟着酋长祈祷。岩石的冰冷穿透裤子，传递到膝盖上。这一通动作做下来，阿宏觉得自己也成了电影里的一个角色。

所幸，神明的怒气似已平息，波涛的轰鸣声平稳了些。三人围坐下来，享用了撤下的“供品”——脆饼和馒头。这样吃起来，竟比平时好吃十倍。

这时，更加震耳欲聋的轰鸣声响起，竖坑里还激荡起了白色的水花。昏暗中，倏忽飞溅而起的水花宛若白色幻影；大海摇撼着洞窟，使其轰轰作响，仿佛正伺机将三个围坐着的印第安人卷入海底。饶是阿宏、阿宗、阿胜三人，也着实毛骨悚然起来。不知打哪儿吹来一阵风，吹得三支蜡烛的火苗乱蹿。当其中一支被吹灭时，那恐怖的感觉简直难以言表。

但平日里三人对于自己的胆量，可是较着劲儿互相吹嘘的，所以在少年的活泼天性驱使下，他们旋即将恐怖演变成游戏，以掩饰自己的胆怯。阿宏和阿胜作为两个胆小的印第安人随从，做出因惊恐而瑟瑟发抖状。

“妈呀！不得了啦！太可怕了！酋长大人！天神大发雷霆了！不知他为何如此震怒？”

阿宗正襟危坐在石头宝座上，优雅地做出一副不失酋长身份的颤抖状。被追问之下，他毫无恶意地想起最近两三天岛上风传的一个流言，便打算以此来回答。阿宗干咳一声，清了清嗓子，说道：

“因为不道德，因为不正经！”

“您说的不道德，所指何事？”

阿宏问道。

“阿宏啊，你竟然不知？因为你哥新治和宫田家的姑娘初江苟合啦！惹天神发怒啦！”

因为说的是自己哥哥，而且直觉告诉他那一定是名声不好的事情，阿宏勃然大怒，质问酋长道：

“我哥和初江姐怎么了？什么叫苟合？”

“你不懂吗？苟合就是男人和女人一起睡觉。”

阿宗说是这么说，其实他自己也所知不多。不过，他这么一解释，阿宏已经知道这个词带有相当强烈的侮辱色彩，他怒从心起，扑向了阿宗。阿宗肩头被抓住，颧骨上挨了一拳，不过这场斗殴草草结束了。因为阿宗被推倒在岩壁上时，剩下的两支蜡烛也掉在地上，熄灭了。

洞窟里只剩下昏暗的光亮，他们仅能依稀地辨认出彼此的脸。阿宏和阿宗气喘吁吁地对峙着，但他俩渐渐明白，在这里打斗下去，搞不好会招致多么危险的后果。

“别打啦！多危险啊！”

因为阿胜的居中调解，三人划亮了火柴，借着亮光找到蜡烛，一言不发地爬出了洞窟。

当他们沐浴着户外明媚的阳光攀上海角，到达海角背后时，已经和好如初。方才的斗殴早已被抛到九霄云外，他们唱着歌走在海角背后的小道上。

古里海滨有一片岩滩，

弁天、八丈、庭园之滨……

古里海滨位于海角西侧，勾勒出了全岛最美的海岸线。海滨中央屹立着足有二层楼高的巨岩，人称“八丈岛”。其顶端卧藤松丛生，四五个顽童正朝他们挥手呼喊着。

三人也挥手回应。他们脚下的小径周围，是松林间的柔软草地，散落着一簇簇盛开的红色紫云英花。

“啊！拖网船！”

阿胜指着海角东侧的海面说道。那儿是庭园之滨，怀抱着美丽小巧的入海口，海口附近，静静地停泊着三艘拖网船，正等待涨潮。那是一种在行进中操控大型拖网的船。

阿宏也“哦”了一声，和同伴一起眯起了被大海的闪闪波光晃得难受的眼睛。然而，方才阿宗的那番话还重重地压着心头，而且随着时间的流逝，似乎越发沉重地积淀在了心底。

晚饭时间，阿宏空着肚子回到了家。哥哥还没有回来，母亲一人在家，正往灶口里塞着柴火。燃烧的木柴噼里啪啦地响着，灶台内的熊熊大火发出风一般的呼呼声。只有这一刻，诱人的香味才盖过了厕所的臭味。

“哎，妈！”阿宏在榻榻米上躺成个“大”字，呼唤道。

“怎么啦？”

“有人说我哥和初江姐苟合了，那是怎么回事？”

母亲不知何时离开了灶台，正襟危坐在躺着的阿宏身边。她眼里闪着异样的光芒，和她披散着的鬓边短发一样，看起来有点瘆人。

“阿宏！你这是从哪儿听来的？这话听谁说的？”

“阿宗啊。”

“要是再说那话，后果可严重了！对你哥也不许说。你要是说了，几天都不给你饭吃！听到了吗？”

——对于青年之间的情爱，母亲向来采取宽容的态度。在海女下海的季节，她也讨厌女人们一边烤着火一边议论别人的家长里短。不过，一旦到了因为自己儿子的情爱问题而不得不应付世间的流言蜚语时，她就有必要履行一个母亲的义务。

当晚，阿宏睡着后，母亲将嘴凑近新治耳边，用低沉有力的语气问道：

“你知道你和初江的事被传得很难听吗？”

新治摇了摇头，但脸色涨得通红。母亲虽有些困惑，但丝毫不乱分寸，开门见山地问道：

“一起睡了？”

新治又摇了摇头。

“那就是说，你没做让人背后议论的事吧？真的？”

“真的啦！”

“好！那我就没什么好说的了。你要小心，人言可畏呀！”

然而，事态并未朝好的方向发展。次日夜里，新治母亲去参加女人们唯一的聚会——庚申会[1]。她一露面，大家便露出扫兴的表情，止住了话头。因为她们正在议论那个传言。

次日夜里，新治去参加青年会，他若无其事地打开门走了进去。明晃晃的灯泡下，围着桌子正聊得热火朝天的伙伴们，一见到新治，便瞬间陷入了沉默。只有潮水的轰鸣声回荡在那个毫无情趣的房间里，仿佛屋里空无一人。新治像往常一样，靠墙抱膝坐下，一言不发。于是，大家又像往常一样，热热闹闹地聊起了别的话题。今天支部长安夫罕见地比

① 庚申会，日本庚申信仰的集会。原型是中国道教的“三尸说”，传说庚申日这天，通宵不睡觉，可以避免体内的“三尸虫”升天向天神报告宿主的过错。

他还早到，隔着桌子爽朗地对新治点了点头，丝毫未起疑心的新治，微微一笑做了回应。

一天，在太平丸的海上午饭时间，龙二似乎有点纠结，说道：

“新治哥，我太生气了！安夫哥一个劲儿说你的坏话呢！”

“是吗？”

新治默默地笑了笑，表现出男子汉的气度。渔船在春天柔和的波浪里摇摆着。这时，沉默寡言的十吉罕见地插了一嘴。

“我懂的，我懂的。那是安夫在妒忌。那小子仗着他爹的势力趾高气扬的，真是个让人恶心的大傻蛋。新治也长成帅小伙了，惹得别人妒忌啦！新治，别理他。有什么麻烦还有我给你撑腰呢！”

安夫散布的流言就这样悄悄地在村里的每一个角落被议论着，倒还没传入初江父亲的耳中。一天晚上，村里发生了一件让全村议论一年都议论不完的事件。事件发生在公共澡堂。

这个村里，无论是多有钱的人家都没有室内浴池设施，所以宫田照吉便去了公共澡堂。他傲慢地用头顶开布帘子，一把薅下身上的衬衣就往衣筐里丢，结果衬衣和腰带散落在了筐外。随后，照吉不停地大声咋舌，用脚趾夹起衣物抛进衣筐子。围观的人都面露惧色，而这正是照吉所剩无几的机会之一，他要借此机会在公众面前表明，自己虽年迈但力未衰。

不过这位老者赤裸的身躯的确非同凡响。古铜色的四肢上不见明显的松弛，眼神锐利，粗犷的额头上凌乱地竖着雄狮鬃毛般的白发。常年喝酒形成的酒红色胸膛和满头白发，形成了魁伟的对照。隆起的肌肉因久未使用已经变硬，强化了历经风吹浪打后越发险峻的磐石般的印象。

照吉堪称歌岛上劳动、意志、野心和力量的化身。他是第一代创业成富豪的，浑身充斥着略显粗鄙的精力，决不担任村里公职的清高心性反而得到了村里领导人的重视。观察天气时惊人的准确度、丰富的捕鱼和航海经验、对村史和传统的高度自信——虽然因为容不下他人的顽固、滑稽的自命不凡以及年老而不衰的爱打架的个性等有所减分，但总体而言，在这位老者有生之年，即便说他活成了一尊铜像，也不足为奇。

他拉开了澡堂的玻璃门。

澡堂里相当拥挤，氤氲的水汽中，人们的动作举止依稀可辨。水声、木桶相撞时的脆响和人们的说笑声在天花板上反射出阵阵回音。劳作一天之后的放松感和满池的热水一起，将全身包裹起来。

照吉下池子前绝不冲洗身体。他威风凛凛地从澡堂门口大步流星地走了进来，径直将腿插入浴池。不管水有多热，他都丝毫不放在心上。至于心血管疾病什么的，照吉的关心程度甚至不如香水、领带之类的。

浴池里的先到的客人们被溅了满脸水，可一看来人是照吉，便老老实实地点头致意，照吉则将那倨傲的下巴一同浸入水中。

在浴池旁边冲洗身体的两个年轻渔夫没有发现进来的照吉，依旧肆无忌惮地大声议论照吉：

“宫田家的照爷也年老昏聩了。女儿被人糟蹋了都没发现呢！”

“久保家的新治干得不错嘛！总以为他还是个小毛孩呢，结果一点儿也不含糊，就这么把人搞到手了。”

浴池里先来的浴客们尴尬地将目光从照吉脸上移开。照吉全身被烫得通红，他脸色平静地从池中出来，双手各提一个桶，在水槽里灌满水，走到两个青年身旁，猛地将冷水浇在两人头上，接着又抬脚对着两人的后背一阵猛踹。

满脸涂满了肥皂泡，正闭着眼睛的两个青年打算来个猛烈反击，一发现对方是照吉，便畏缩了。老者伸出手指揪住两人被肥皂泡弄得滑不溜秋的脖颈，将他们拖到浴池前。两颗脑袋被一股可怕的力量摁进热水里，老人粗壮的手指紧紧揪住两人的脖子，像涤荡衣物一样，让两颗脑袋在热水中摇来晃去互相碰撞。最后，照吉睥睨了一眼惊得目瞪口呆、站起身来的浴客们，连身体也没洗，大步流星地离开了澡堂。

第十一章

翌日，在太平丸上吃午饭时，老板十吉从烟袋里掏出一张折叠好的小纸片，一脸坏笑着地要交给新治。新治刚伸出手，十吉说：“听着！你能保证，看了之后干活也不会偷懒吗？”

“我不是那种人。”

新治言简意赅、斩钉截铁地答道。

“那好！男子汉一言既出，驷马难追……今早我路过照爷门前时，初江轻手轻脚地出来，一声不吭地把这折好的纸片塞到我手上，又回去了。我还以为这把年纪了还有人给自己情书，高高兴兴地打开一看，这上面写的不是‘新治’嘛！哎呀，真是蠢死了。气得我差点打算一不做二不休撕碎了丢海里得了。但转念一想，那也太可怜了，就带过来啦！”

新治接过纸片，老板和龙二都笑了。

新治用粗壮的手指小心翼翼地打开了那被折得小小的薄纸片，生怕弄破了。纸片的角落里掉出烟末，落在他的手心。信纸上开头是用钢笔写的字，两三行后似乎没墨水了，后面的是淡淡的铅笔字。幼稚而拙劣的字迹写着下面的内容：

“……昨晚父亲在公共澡堂听到了我俩的流言后大发雷霆，吩咐我绝对不许再和你见面。我父亲就是那样的人，所以无论我怎么辩解都没用。他说从晚上渔船回港前到第二天早上渔船出海结束这段时间，绝不许我外出，还说轮到打水的班就请邻居阿姨代劳。我真是没辙了。我难过得不得了。父亲说，到了休渔的日子，他会整天寸步不离地跟在我身边。我要怎样才能和你见面呢？想想有没有见面的法子吧！如果寄信的话，邮局的叔叔里全是认识的，也太可怕了，所以我还是每天写信塞进厨房前的水缸盖里，你的回信也塞进去吧。你自己去取的话怕不安全，请拜托个可信的朋友来吧。因为我回岛的日子不长，还没有真正信得过的朋友。说真的，新治，我们一定要坚强地活下去呀！我每天都会在母亲和哥哥的牌位前祈祷，请他们保佑你平安无事，神明一定会理解我的心情的！”

看着信，新治内心悲喜交加。悲的是他和初江的恋情被拆散，喜的是他从信里读出了一个女人的真情实意，这两种情感就像光和影一样在他脸上交替着。新治看完信了，仿佛宣告信使天经地义的权利一般，十吉一把抢过信看了起来。为了让龙二也听见，十吉不但读出了声，还加进了十吉风格的浪花曲调子，这也是他独自念报纸时常用的调子。尽管明知老板没什么恶意，但听到自己心上人写的严肃的信件被拿来开玩笑，新治的心里并不好受。

然而，十吉被信里的内容打动了，念信的过程中多次长吁短叹，还加了感叹词进去。最后，他用平素指挥捕鱼时那种方圆百米都能听见的音量抒发了读后感：

“这姑娘聪明呀！”

经不起十吉的央求，而且渔船上没有外人，听众都是可信之人，新治便将事情一五一十地吐露出来。他讲故事的技术烂，一会儿前后颠倒，一会儿又漏了重点。他费了好大工夫才把来龙去脉大致讲一遍，好不容易讲到了关键之处。当新治讲到暴风雨那天，两人一丝不挂地抱在一起却没成好事那一段时，平日里不苟言笑的十吉笑得停不下来。

“换作是我，换作是我的话！真是太可惜啦！不过，不知女人味的话估计都会那样吧。那姑娘太有主见啦，你可不是她的对手。不过你还真是个傻子呀！唉，算了，等你把她娶过来，每天来上十次，就补上啦！”

龙二比新治小一岁，一脸似懂非懂地倾听着。新治也不像城里长大的初恋少年那样神经脆弱，容易受伤。大人的打趣绝对伤害不了他，反而宽慰、温暖了他。温柔的海浪推着渔船前行，也让他的心情沉静下来，毫无保留地将一切倾吐出来后一身轻松，这个劳动场所便成了他无可替代的休憩之地。

龙二从家里到码头要路过照吉家，所以他主动请缨，肩负起每天早上去水缸盖取信的任务。

“打明儿起，你就是邮政局长了。”

不常开玩笑的十吉说道。

每天的信，霸占了船上三人午休时的话题，信中内容勾起的悲叹和愤怒总是由三人来分享。第二封信更是埋下了愤怒的种子。信里详细述说了安夫深夜在泉边偷袭初江，并对她口出威胁；初江守约没有告发他，但安夫却为了泄愤在全村散播莫须有的谣言；照吉禁止初江和新治见面时，她立即申辩并顺便说出了安夫施暴的事，但父亲却不想对安夫做任何处置；于是安夫家照旧亲密地和照吉家来往，而初江一见到安夫就觉得恶心，云云。结尾还补充了一句，说自己绝不会给安夫可乘之机，希望新治放心。

龙二为新治感到愤愤不平，新治的脸上也掠过平日里罕见的怒色。

“都是因为我穷，才不行的。”新治说道。

他从未说过这种类似牢骚的话。比起自己贫穷这件事，他更为发出此等牢骚的自身之弱小感到耻辱，眼泪几乎要夺眶而出。但这位青年紧紧地绷住脸，与这始料不及的眼泪抗争着，总算没有让他们见到自己哭泣的丑态。

这下，十吉不笑了。

酷爱吞云吐雾的他有个奇特的习惯——每天轮换着抽烟丝和卷烟。今天轮到卷烟了。抽烟丝的日子里，他常在船舷上磕他的黄铜烟斗，船舷已因此被磕出个小凹坑。于是爱船如命的他便隔一天抽一次烟丝，另外一天则将“新生”牌香烟插入用黑珊瑚手工制作的烟嘴上抽。

十吉将目光从两个青年身上移开，嘴里叼着用黑珊瑚手工制作的烟嘴，眺望着薄雾密布的伊势海面。云雾中依稀可见知多半岛尖端的师崎一带。

大山十吉的脸宛若一面皮革。就连那深深的褶皱里都被晒得很均匀，绽放出皮革般的光芒。他的目光虽然锐利而有生气，但已失去年轻时的那种清澈，取而代之的是一种污浊毫不留情地积淀其中，就如那不惧任何强光暴晒的皮肤。

身为渔夫，老到的经验和年龄使他明白，一切都需要静心等待。

“我知道你俩在想什么，想把安夫狠揍一顿，对吧？可是呢，就算真揍了也解决不了问题哪！他傻就让他犯傻，别去搭理他。新治也肯定是不好受的，不过最关键的是要会忍耐。想钓鱼，就得有耐心。用不了多久，情况一定会往好的方向发展。正直的人就算沉默不语也肯定会赢的。照爷又不是傻子，不可能分不清好歹的啦。安夫嘛，就别管他了。正直的人终究是强大的！”

村里的传闻和每天送过来的邮件及粮食一起，最多晚一天，就会传入灯塔里的人耳中。照吉禁止初江和新治见面的传闻，让千代子的心因罪恶感而坠入黑暗的深渊。新治并不知道这个莫须有的谣言的源头是自己，至少千代子是这样认为的。可每当新治垂头丧气地前来送鱼，千代子却怎么也不敢正视新治的脸。而另一方面，千代子莫名其妙的不高兴又让善良的父母不知所措。

千代子的春假结束，回东京宿舍的日子到了。她陷入了纠结——无论如何都不能主动坦白是自己嚼的舌根，可没得到新治的宽恕就这样回东京吧，又做不到。她就是想既不坦白自己的过错，又能得到本就不怨恨自己的新治的宽恕。

于是，回东京的前一晚，千代子住到邮政局长家里，在天亮前独自来到正热火朝天地做着出海准备的沙滩。

人们站在星光下忙活着。船被架在木框上，在众人的号子声中艰难地一点点滑向水边。只能看清汉子们缠在头上的白色手巾或毛巾。

千代子的木屐一脚接一脚地陷入冰冷的沙子里，沙子又悄悄地从她脚面上滑落下去。所有的人都忙活着，没有人看千代子一眼。每天的生计如同单调却强大的旋涡，紧紧裹挟着这些人，燃烧着他们的身心，没有一个人像自己这样沉浸在感情问题里。千代子想到这儿，一丝羞愧涌上心头。

但千代子拼命让视线穿过黎明前的黑暗，去搜寻新治的身影。男子们的身材都差不多，昏暗中很难分辨出谁是谁。

一艘船终于下了海，仿佛解脱了一般，漂浮在水上。

千代子不由自主地走向那艘船。她呼喊着那位头上缠着白毛巾的青年的名字。正要上船的青年回过头来。通过那笑脸上洁白的牙齿，千代子清楚地认出，那就是新治。

“我今天要回东京啦，想和你告个别。”

“这样啊？”新治沉默了，不知说什么好，语气极不自然地说了声，“……再会！”

新治很着急。千代子知道，所以她比新治更焦急。她连说都不出话来，更谈不上坦白那件事了。她闭上眼睛，祈祷着新治哪怕在自己眼前多待一秒钟也好。这一刻，她明白了自己祈求新治宽恕的情绪其实是期待所戴的面具，自己长久以来都希望能感受他的温柔。

千代子希望被宽恕什么呢？这位坚信自己不美的少女，情急之下竟说漏了嘴，说出了平时深深地压抑在心底的疑问，也是注定只能对这个青年提出的疑问：

“新治，我就那么丑吗？”

“哎？”

青年一脸莫名其妙，反问道。

“我的脸，真那么丑吗？”

千代子祈求黎明前的黑暗能掩护自己的脸，使它看上去哪怕美上一丁点儿。但也许是她的心理作用，大海的东方似乎已翻起了鱼肚白。

新治不假思索地做了回应。因为他心里正着急，也就避免了答得太慢让少女伤心的尴尬。

“什么嘛！你很漂亮。”他一只手搭在船尾，一只脚已跃起准备跳上船，同时说了一句，“很漂亮！”

众所周知，新治是个不会拍马屁的人。只是对情急之下的提问，他在情急之下作了得体的回答。船开动了，他在渐行渐远的船上愉快地挥了挥手。

于是，岸上留下一个幸福的少女。

当天早上，和从灯塔下来送别的父母说话期间，千代子脸上都是神采奕奕的。灯塔长夫妇感到惊讶，为什么女儿要回东京了竟如此开心。渡轮神风丸驶离了码头。当温暖的甲板上只剩下千代子自己时，从清晨起便反复回味的那种幸福感在孤独中圆满了。

“他说我漂亮啦！他说我漂亮啦！”

自那一瞬间起，千代子依旧乐此不疲地重复着已重复了不知几百遍的独白：

"他真的是那样说的。这就足够啦。不能再期待别的了。他真的是那样对我说的。就这样我就满意了，不能得陇望蜀，不要指望得到他的爱。他有自己喜欢的女人了。我做了多么恶劣的事呀！我的嫉妒，让他陷入了多大的不幸啊！而且，比起我的行径，他却报以好意，说我漂亮。我必须补偿他……必须以我的力量，尽量补偿他……"

波浪间传来奇怪的歌声，打断了千代子的思绪。放眼一看，众多插满红旗的船正从伊良湖水道朝这里开来。船上的人们在唱歌。

"那是什么呀？"

千代子问正在绞缆绳的年轻的船长助手。

"那是去参拜伊势神宫的船啦。船员们拖家带口，从骏河湾的烧津、远州方向坐鲣鱼捕捞船到鸟羽港来呢。船上插着很多写着船名的红旗，那些人有的喝酒，有的唱歌，还有的在赌博呢。"

视野里的红旗渐渐鲜明起来，那些船速飞快的远洋渔轮接近神风丸时，乘风而来的歌声听起来几乎是嘈杂的。

千代子在心里反复默念着：

"他说我漂亮啦。"

第十二章

不知不觉间，春天已接近尾声。树木增添了绿意，虽然东侧岩壁上群生的文殊兰花期尚早，但岛上各处已繁花锦簇，五彩缤纷。孩子们去上学了，有些海女潜入冰冷的海里采裙带菜。越来越多的人家大白天里空无一人，门也不锁，窗户大开着。蜜蜂自由出入这些空房，在空荡荡的家中飞来飞去，一头撞到镜子上，被吓一大跳。

新治不擅长思考，找不到任何可以和初江见面的办法。虽说在那之前两人见面的机会本也不多，但对下次见面的期待使他能耐心等待下去。如今一想到见不了面了，相思之情就越发强烈。可既然对十吉做出了那样的保证，又不能停止出海。每晚出海归来后，新治估摸着路上没行人了，便到初江家周围转悠，除此之外别无他法。二楼的窗户时不时被打开，初江探出头来。但除非皎洁的月光恰好照在初江脸上，少女的脸看上去都笼罩在黑影中。不过，青年视力极佳，将她那含泪的双眸都看得一清二楚。担心惊动邻居，初江不敢出声；新治也只能躲在后院那一小块地的石墙阴影处，默默仰望着少女的脸。不过，这种梦幻般的幽会之苦，必会详细地写入龙二次日取来的信中。读了信后，身影和声音终于重合，昨晚见到的无声的初江身姿因有了声音和动作，鲜活了起来。

这样的见面方式令新治痛苦不堪。有时候，他索性在夜里独自跑到岛上各处人迹罕至的地方徘徊，以纾解心中的郁闷。偶尔也去海岛南端的德吉王子古墓。古墓的边界并不清晰，但顶部的七株古松之间有小小的鸟居和小祠堂。

德吉王子的传说很模糊，甚至没人知道“德吉”这个奇妙的名字源于哪国语言。在旧历新年举办的古老祭神仪式上，一对六十多岁的老夫妇飞快地打开了一个奇怪的盒子，人们看见里面有个像笏的东西，但不清楚那个神秘宝贝和王子有什么关联。直到十年前，岛上的孩子都管母亲叫“哎呀”，相传是起源于王子称呼妻子“嘿呀”，年幼的孩子们发音不准念成了“哎呀”。

相传远古时期，一个遥远国度的王子乘着黄金船漂流到了这座岛上。王子娶了岛上姑娘为妻，死后葬在了皇陵。王子的一生没有留下任何传说。没有任何容易被牵强附会、借题发挥到王子身上的悲剧故事流传下来，暗示了即使该传说属实，恐怕王子在歌岛度过的一生也是幸福到不容故事产生的程度。

也许“德吉王子”是降临在这片不为人知的土地上的天使。王子在人间度过了默默无闻的一生，幸福和上天的恩宠从未离开过他。因此，他的遗骸被葬在了可以俯视美丽的古里海滨和八丈岛的皇陵，却未留下任何传说。

而这位不幸的青年就在小祠堂边徘徊，累了就呆呆地抱膝坐在草地上，眺望着皓月下的大海。月亮周围蒙上了晕圈，预示着明天是个雨天。

次日清晨，龙二去取信时发现，为了防止信被雨打湿，水缸木盖的角落稍微偏离缸盖的地方扣着一个铜盆。这天捕鱼时下了一整天雨，午休时新治披着雨衣看信。字迹很难辨认，说是今天早上怕开灯引起父亲疑心，在被窝里摸黑写的。又补充道，平时的信都是白天有空的时候写好，早晨出海前“投递”，但这天早晨有事要尽早通知新治，便把昨天写好的长信撕掉，重写了这封信。

初江在信里说，她做了个吉利的梦。神明托梦说新治是德吉王子的替身，圆满地和初江结了婚，并生下了珠玉般的孩子。

初江不可能知道新治昨夜参拜德吉王子的古墓的事。新治被这种奇妙的感应打动了，琢磨着今天回家后写信给初江解梦，将证据在信里慢慢道来。

自打新治开始干活挣钱以来，母亲可以无须在海水冰凉的时期就拼命下海了。她打算等到六月再下海潜水。但是随着天气变暖，闲不住的她就不满足于只干点家务了。一闲下来，便忍不住操心起闲事来。

她一直放心不下儿子的不幸遭遇。如今的新治和三个月前相比，简直判若两人。虽然一如既往地沉默寡言，但以往洋溢在脸上的青年特有的快乐神情已消失不见。

这一天，母亲上午做完了针线活，过了晌午便感到无聊，她茫然地琢磨着，有没有什么办法可以将儿子从不幸中拯救出来。阳光照不进屋里来，她仰望着被邻家仓库屋顶分割的晚春时分和煦的晴空。她一时兴起，出门去了防波堤，眺望着浪花朵朵碎裂开来的海面。和儿子一样，她思考时也会找大海商量。

整个防波堤上都晾晒着拴章鱼陶罐的缆绳。海滩上几乎看不到船，四处晒着渔网。母亲看到一只蝴蝶似乎心血来潮一般，从摊开的渔网飞向防波堤。那是一只黑凤蝶。蝴蝶是到这些渔具、沙子和混凝土上寻找某种新奇的花吗？渔夫的房子并没有像样的院落，只有小路边用石头围起来的小花坛。蝴蝶似乎厌烦了那些小家子气的花，才飞到海边来的。

防波堤外，海浪不断搅动水底的泥浆，黄绿色的浑水淤滞在岸边。一个浪头打来，浑水便躁动起来，翻腾出片片水花。母亲看到，那只蝴蝶不一会儿便离开防波堤，打算贴近混浊的海面歇歇脚，又冲向了高处。

“真是奇怪的蝴蝶，学海鸥的样子呢。”

她想道。这么一想，就无比关注起蝴蝶来了。

蝴蝶往高处飞升，试图逆着海风飞离歌岛。海风看似温和，但打在蝴蝶娇嫩的翅膀上还是猛烈的。即便如此，蝴蝶还是飞向高空，离岛而去。母亲凝视着耀眼的天空，直到蝴蝶变成了一个小黑点。蝴蝶始终在母亲视野的一角振翅飞翔。或许是大海的广袤和波光闪闪让它花了眼，邻岛的影子看上去近在眼前，实际却相距遥遥。对此感到绝望的它，在海上的低空彷徨了一阵子，又飞回防波堤，落在晾晒着的绳子描绘出的影子上歇息，为其增添了一个绳结样的影子。

母亲本是不相信任何暗示和迷信之人，可这只蝴蝶的徒劳在她心里留下了阴影。“真是只傻蝴蝶。想去别处的话，停在渡轮上不就轻轻松松地过去了嘛！”

只是，没有任何事情需要出岛的她，已多年没坐过渡轮了。

此时，新治母亲心里不知为何升起一股莽撞的勇气。她迈着坚定的步伐，健步如飞地离开了防波堤。途中，有位海女和她打招呼，却惊讶地发现她并没有回应，仿佛被什么东西吸引住了似的径直走了。

宫田照吉是全村屈指可数的富豪。可他家的房子也只是新建的而已，瓦房顶并不比邻居家高多少。家里既无玄关也没有石墙。布局和别人家并无不同，入口左侧是厕所的掏口，右侧是厨房的窗户，二者堂堂正正地宣示着同等的地位，就像桃花节前后偶人架上相对而坐的左右大臣一样。只是由于房子建在斜坡上，坚固的混凝土地下室被用作储物间，看上去极为牢靠地支撑着这栋房子，地下室的小窗紧贴小路开着。

厨房门边有一口可装下一个人的大水缸。初江每天早晨往里塞信的木盖，看似可以毫无漏洞地为缸里的水防尘，实际上一到夏天，难免有蚊蝇或白蚁的尸体悄然漂在水面上。

新治母亲正要进门，又犹豫了一下。她登门拜访平日里并未来往的宫田家，这行为本身就足够成为村里人的谈资了。她四下环顾，未见人影，只有两三只鸡在小路上闲逛。透过后面那户人家瘦弱的杜鹃花叶，依稀可见下方蔚蓝的大海。

母亲用手拢了拢头发，但被海风吹过的头发依然凌乱，她便从怀里掏出一把小小的、断了很多齿的红色塑料梳子，飞快地梳理了一下头发。她穿的是日常便服，素面朝天的脸庞下方是晒黑的胸脯，满是补丁的灯笼裤下面光脚穿着木屐。海女需要脚蹬海底才能上浮，这种长年以来的习惯使她的脚趾因几度受伤而变得结实，硬化的趾甲又尖又弯，形状绝对算不上好看，但踩在地面时是坚实而稳健的。

她走进了土间。土间里有两三双木屐，被胡乱脱在那里，其中一只还倒扣着。有一双是红带子的，看样子刚从海边回来，还留着潮湿的沙子形成的足印。

家里静悄悄的，空气中飘荡着厕所的气味。土间所在的那间屋子光线昏暗，但靠里的那间屋子的地面上，一道包袱皮大小的暖黄色阳光穿过窗户，清晰地投射在正中央。

“有人在家吗？”

母亲打了声招呼。等了许久，没有回答。她又喊了一声。

初江从土间旁边的楼梯上下来了。

“啊，阿姨！”

她说道。她穿着素净的灯笼裤，头上扎着黄色丝带。

“真漂亮的丝带。”

母亲说了句奉承话。一边说着一边凝视着让自己儿子如此恋慕的姑娘。她的面容似乎有些憔悴，皮肤变白了些。因此那双乌黑的双眸显得越发明澈，熠熠生辉。初江发觉对方在观察自己，羞红了脸。

母亲对自己的勇气信心满满。她要见到照吉，诉说儿子的无辜，动之以情，让二人结成眷属。这件事情除了双方父母商议之外，别无解决之策……

“你父亲在家吗？”

“嗯。”

“我来是有话要和你父亲说，你能通报一声吗？”

“嗯！”

少女面露忧色，上了楼梯，新治母亲在门槛的横木上坐了下来。

等了许久。要是带烟来就好了，母亲想道。在漫长的等待中，她的勇气渐渐蔫了。她明白了自己的幻想有多么疯狂。

楼梯发出轻微的声响，初江下来了。不过还没下到底，她就微微转过身子开口了。楼梯周围光线黑暗，看不清她低垂的脸。

“那个……家父说，不见。”

“不见？”

“嗯……”

这个回答彻底击溃了母亲的勇气，屈辱感又激起了她的另一种冲动。辛苦操劳的漫长一生，守寡后难以言说的艰辛，瞬间涌现在她的脑海中。她半个身体已经出了门，一边往外走一边唾沫横飞地怒喊道：

“好！你是说不想见我这个穷寡妇是吧？你是说不要再踏进你家门槛半步是吧？那就我先说了。嗯，告诉你爸，这种家庭的门槛，我打死都不会再进第二次！”

母亲不愿向儿子吐露这次失败之行的来龙去脉。她迁怒怨恨起初江来，说着初江的坏话，反倒和儿子发生了冲突。

第二天，母子俩一整天都没有说话。第三天，母子俩和好如初。于是，突然很想缠着儿子大哭一场的她，对儿子坦白了自己拜访照吉未果之事。而新治早已从初江的来信中知道了这件事。

母亲在自己的坦白中略去了最后撂下的那句粗暴的狠话，而初江怕新治伤心，也没在信里提起。所以，新治只是对母亲吃了闭门羹的屈辱感到刻骨铭心。在这位善良的青年心目中，母亲会说初江的坏话虽不是天经地义，但也是无奈之举。迄今为止，他从未对母亲隐瞒过自己对初江的爱慕，但他决定今后除了老板和龙二外，不会再告诉任何人。这是出于对母亲的孝心而做的决定。

这样一来，因为好心办了坏事，母亲变得孤独了。

出了这件事，这阵子没有休渔日对新治来说反而是幸运的，因为一到休渔日，他肯定只能哀叹，不能和初江见面的一天竟然如此漫长。见不到面的日子就这样持续到了五月。有一天，龙二带来了一封让新治欣喜若狂的信：

“……明天晚上，难得父亲要请客。从津市的县厅来的客人要住我家。我父亲一请客就会喝多，早早地睡下。所以，夜里十一点左右，我应该可以溜出去。请在八代神社庭院等我……”

那天捕鱼回来后，新治换上了新衬衣。没有被透露半点儿风声的母亲则怯生生地仰望着新治。她仿佛又见到了暴风雨那天的儿子。

新治已饱尝等待的痛苦滋味。为此，让女子也尝尝等待的滋味也好。但他做不到。母亲和阿宏一进被窝，新治便出了门。离十一点还有两个小时。

他打算去青年会消磨时光。海边小屋的窗户里透出灯光，睡在这里的青年们的谈话声传了出来。发现他们似乎在议论自己，新治便离开了。

青年来到防波堤，任凭海风扑面。这时，他想起第一次听十吉说了初江身世的那个傍晚，他目送一艘白色货轮从水平线上的晚霞前方驶过，心中涌起一股奇妙的感动。那是未知号。远眺未知号时，他的内心是平和的。而一旦乘上未知号出航，不安、绝望、混乱、悲叹等情绪便一股脑儿蜂拥而来。

按理说，今夜他本该兴高采烈，但他明白自己内心的某个角落因沮丧而未动情的原因。今晚见到的初江，估计会催促自己早点解决问题吧。私奔吗？但两人生活在孤岛上，即使想坐船逃走，新治也没有自己的船，更重要的是没有钱。殉情吗？虽然岛上也有人殉情，但青年稳重的内心拒绝走这条路，他认为那样的家伙都是自私自利者。他从未考虑过死的问题，而且他有必须养活的家人。

思来想去间，时间竟然过得飞快。不善思考的青年惊讶地发现，思考竟有消磨时间的意外功效。但是，这位踏实可靠的青年果断地止住了思考。因为无论有什么样的功效，针对思考这个新习惯，他最早发现的是明显的危险。

新治没有手表。硬要说的话，是他不需要手表。他拥有一项可以代替手表的神奇才能——无论黑夜还是白天，他都可以靠本能感知时间。

比如说，星星在移动。即便不擅长对这种移动进行精密的测定，他的身体也能感知黑夜和白天的两大循环。置身于与大自然息息相关的一端，便不可能不知道大自然的精准秩序。

实际上，当新治坐在八代神社办公室入口的石阶上时，已听到十点半的钟声。神官一家人都静静地进入了梦乡。他将耳朵贴在护窗板上，又仔细地数了数，挂钟冷冷清清地敲响了十一下。

青年站起身来，穿过幽暗的松荫，站上二百级石阶的顶端。今夜无月，薄云笼罩着天幕，只见寥寥几颗稀星。不过石灰岩的石阶毫无疏漏地将夜里的微光集聚了起来，宛若庄严的巨瀑，白茫茫地悬在新治脚下。

伊势海广袤的景致已完全隐匿于漆黑的夜色中，相对于知多半岛和渥美半岛方向星星点点的灯火，宇治山田附近的灯光则汇聚成一片，毫无间隔地延绵开去，甚是好看。

青年为自己第一次穿的这件衬衣感到自豪。这种白色格外好看，站在二百级的底部，应该能马上注意到。大约第一百级石阶边上，松枝从左右两边探出头来，形成了簇簇暗影。

石阶下方出现一个娇小的人影，新治激动得心如擂鼓。专心致志地向上奔跑的木屐落地声激起了响亮的回音，和那娇小的身影显得极不相称。看上去，她并没有跑得气喘吁吁。

新治强压下自己跑下去迎接的冲动。自己已等了如此之久，有权在顶端悠然自若地继续等下去。当初江到了能看出脸的地方，新治又抑制住自己想大声呼唤她名字的冲动。他觉得，不跑下去有些对不起她。那要到哪个位置能才看清她的脸呢？是第一百级台阶的地方吗？

——这时，新治听到脚下传来异样的怒吼声，那声音分明在喊着初江的名字。

在第一百级石阶略宽的台阶上，初江猛地停住了脚步。可以看到她胸部在剧烈地起伏。躲在松荫里的初江父亲现身了。照吉一把抓住了女儿的手腕。

新治看到父女俩似乎发生了几句激烈的争吵。他站在石阶顶部，似乎被定身了一般，一动不动。照吉根本不想往新治这边看一眼，他拽着女儿的手，就那样沿着石阶上往下走。青年保持着同样的姿势，不知该如何是好。他感觉大脑几近麻痹，像个哨兵一样，伫立在石阶顶部。父女俩的身影走下石阶，左拐后消失了。

第十三章

对岛上的年轻姑娘们来说，海女的季节如同城里的孩子们以紧张的心情面临的期末考试季。下海的技能在小学二三年级的海底取石比赛时便学会了，在争强好胜之心的驱动下，技术自然见长。可当她们终于走上海女这条路，随心所欲的游戏摇身一变成为严酷的工作，年轻姑娘们便无不心生畏惧，春天才刚到，她们就开始厌恶夏天的来临了。

冰冷、呼吸困难、潜水镜进水时难以言状的痛苦、差二三寸就能捕到鲍鱼时袭击全身的恐怖感和虚脱感、各种各样的伤痛、脚蹬海底上浮时脚趾被尖锐的贝壳划出的伤口，还有硬着头皮潜水后被灌了铅一般的倦怠感……这样的感受在记忆中被打磨得越来越敏锐，在循环往复之下，恐惧感不断升级。甚至在连梦都无从入侵的熟睡中，姑娘们也屡屡被噩梦惊醒，在夜深人静时分，透过被窝周围和平而宁静的黑暗，看到自己掌心的大把冷汗。

上了年纪的已婚海女则不同。她们每次从水里出来便放声高歌，大声说笑，俨然一副工作和娱乐浑然一体的状态。年轻姑娘看了，便暗下决心，自己绝不要变成那样。可几年过后，她们便吃惊地发现，不知何时自己也成为那些开朗、老练的海女中的一员了。

歌岛的海女在六月和七月最忙碌。她们的根据地就在弁天海角东侧的“庭园之滨”。

这一天是入梅前，在已不能称为初夏的炎炎烈日下，海滨上燃起了篝火，烟雾随着南风飘往王子古墓的方向。“庭园之滨”环抱小海湾，直面太平洋。海面上空，夏云高高耸立。

小小的海湾名副其实，拥有庭园的结构。无数石灰岩环绕着海滨，为模仿西部电影玩打仗游戏的孩子们隐匿于岩石后方打枪战提供了得天独厚的布局，且其表面光滑，小指粗的洞穴星罗棋布，成了蟹子、海虫的栖息之地。岩石环拥下的沙地一片银白，面朝大海的左侧断崖上，文殊兰正值花期，不似凋谢期那般东倒西歪的，那水葱般性感的白色花瓣直指碧空。

篝火边上，飘荡着午休的谈笑声。沙子并不烫脚，水温尚凉，但也没到一出水就不得不手忙脚乱地穿上棉衣烤火的程度。大伙儿高声笑着，骄傲地挺起胸脯互相展示自己的乳房。也有人双手托着自己的乳房。

“不行！不行！把手放下！用手托着的话，想怎么糊弄人都可以呀！”

“乳房是长在身上的，就算用手托着，也糊弄不了人的。你说什么呢！”

大家哄堂大笑。原来她们在比赛乳房的形状。

所有人的乳房都饱经骄阳暴晒的洗礼，既没有神秘的白皙，也看不到肌肤里透出的青色静脉。光看这一片肌肤，并不见有何特别敏感之处。不过，阳光将肌肤晒黑的同时，也滋养除了蜜汁般半透明的色泽。乳头周围乳晕的颜色由深到浅，衔接得十分自然，并非只有那儿才藏着黝黑而湿润的秘密。

篝火边上熙熙攘攘的众多乳房中，有的已经枯萎，有的已干瘪，只剩葡萄干一般的乳头尚残留着一丝青春的余韵。总体而言，发达的胸肌使沉甸甸的乳房在宽阔的胸脯上保持着坚挺，并没有下垂。这样的状态说明，这些乳房如同果实一般，每日沐浴在阳光下不知羞耻地发育起来的。

有个姑娘为左右两边的乳房大小不一而苦恼，口无遮拦的老婆子则安慰道：

“别担心，不用多久你男人就会帮你揉好啦！”

大家笑了，但姑娘还是有点担心地追问道：

“真的吗？阿春奶奶。”

“真的啦。以前有个姑娘也是这样的，有了男人后就变得均匀啦！”

新治母亲为自己依然水灵的乳房而自豪。和年龄相仿的已婚女人相比，她的乳房保养得最为娇嫩。她的乳房仿佛既不知爱的饥渴，也不懂生活的艰辛，整个夏天都迎着太阳，从太阳那儿直接汲取了无尽的力量。

年轻姑娘们的乳房并没怎么勾起她的嫉妒心。不过只有一对美乳，不仅让新治母亲赞叹，也收获了全场的叹羡。那就是初江的乳房。

今天是新治母亲在这个夏天第一次下海，所以也是她第一次有机会和初江从容见面。自从新治母亲撂下那句狠话以来，两人视线交会时也会点头致意，但初江本就是寡言少语的姑娘。今天大家都很忙，对话的机会也不多。像这种乳房比赛的场合，也主要是年长的女人在喋喋不休，本就拘谨的新治母亲并不想从初江身上引话题。

不过，一看到初江的乳房她便明白，关于初江和新治的谣言已随着时间的流逝烟消云散。见到初江这对乳房的女人已无法再怀疑。那还只是一对含苞待放的蓓蕾，绝不是和男人同房过的乳房，令人不由得遐想，这样的蓓蕾一旦绽放，该有多美啊！

托着蔷薇色蓓蕾的一对微微隆起的小丘之间，是饱经日晒的峡谷，肌理细腻光滑，带有一丝冷峻，又洋溢着早春气息。乳房与她匀称的四肢同步发育，发育程度丝毫未落下风。但略带几许坚硬的隆起正处于即将萌动的睡眠中，仿佛只需羽毛轻轻一触或习习微风的爱抚便会觉醒。

这对处女的健康乳房呈现出妙不可言的形态，老婆子不由自主地伸出粗糙的手掌，触碰了一下乳头，吓得初江跳了起来。

大家笑了。

“阿春奶奶体验到男人的感觉了吗？”

老婆子双手揉搓着自己满是皱纹的乳房，拔高了嗓门说道：

“什么呀！那样的乳房就是青涩的桃子，我这是老腌菜，美味已经渗透其中了。”

初江笑着甩了甩头发，一片绿得透亮的海藻从头发上掉下来，落到耀眼的沙地上。

大家正吃着午饭，一个熟悉的异性从岩石后现身了，时机拿捏得恰到好处。

海女们故意发出尖叫，将包便当的竹皮搁在一边，捂住了乳房。其实她们没有半点儿吃惊。闯入者是每个季节都会上岛的老商贩，大家故作羞态，来打趣他已经年老。

老者穿着皱巴巴的裤子和白色的翻领衬衣。他将背上的大包袱放在岩石上，擦了擦汗。

“看来把你们吓得不轻啊。要是不该来的话，我还是回去吧？”

商贩故意说道，他知道在海滩上展示货物最能勾起海女们的购买欲。在海边时，海女们会变得很大方。老商贩让她们在这里挑选货品，晚上送货上门时收款。而海女们也喜欢在阳光下分辨衣物的颜色。

老商贩在岩石的背阴处摊开货品，女人们则嘴里塞着各种吃的，在货品外围成一道人墙。

浴衣、便服和童装、单层和服腰带、内裤、衬衣，还有束和服的细绦带……

当老商贩取下装得满满当当的扁平木箱的盖子时，女人们异口同声地发出感叹。里面塞满了女人用的各种漂亮杂货，有蛙嘴式小钱包、木屐带、塑料手提袋、丝带和胸针等。

“每一样都想要啊！”

一位年轻的海女说出了心里话。不一会儿，多双黝黑的手指伸过来，精心地挑拣品评，相互争论适不适合，并半开玩笑地砍砍价。最终，老商贩卖出了两件价值上千日元的薄棉布浴衣、一条混纺的单层和服腰带和大量零碎物品。新治母亲买了个价值两百日元的塑料提包，初江则买了件适合年轻姑娘的白底牵牛花图案的浴衣。

生意出乎意料的红火，使老商贩心情愉悦。他长得瘦骨嶙峋，翻领衬衣的领口露出晒得黝黑的肋骨，花白的头发剪得很短，脸颊到额头一带沉积着几颗黑斑。被烟油熏黄的牙齿稀稀疏疏，说起话来很难听清，声音越大越是显得含混不清。总之，通过商贩脸上那痉挛般颤抖的笑容和夸张的动作，海女们明白了他打算搞一场“不计得失”的服务。

老商贩伸出小指头上留着长指甲的手，迅速从小百货箱中翻出三个漂亮的塑料手提包。

“快看！蓝色适合青年，茶色适合中年，黑色适合老……”

“老婆子我要适合青年的！”

刚才那位老婆子插科打诨，惹得大家哄堂大笑。于是老商贩越发卖力地扯开嗓子叫卖起来：

“最新流行的塑料手提包，一个定价八百日元。”

“哦哦！太贵啦！”

“反正都是虚价。”

“不二价八百日元，为答谢大家的惠顾，我要无偿赠送一个给诸位中的一位。”

天真无邪地摊开的手掌，齐刷刷地伸了过来，老商贩夸张地将大伙儿的手推开。

“我是说一个啦！只送一个。这是为了祝贺歌岛繁荣的亏本大酬宾‘近江屋大奖’。不管是谁，赢了我就送她一个。年轻姑娘赢了送蓝色的，中年大姐赢了送茶色的……”

海女们不由得倒吸一口气。运气好的话，就可以白白得到价值八百日元的塑料提袋呢。

从大家的沉默中，老商贩相信自己已经成功收揽了人心。

他曾经当过小学校长，因为在女人身上吃了亏，才落魄至此。回忆起自己的历史，他突然想再当一次运动会的指挥者。

“既然是比赛，那最好来一次可以报答歌岛恩情的比赛。怎么样？诸位，来一次捕捞鲍鱼比赛吧！奖品就发给接下来一个小时内捕捞量最多的人吧！”

他在另一块岩石的背阴处郑重其事地摊开了包袱皮，庄重地摆好奖品。实际上这些都是五百日元左右的商品，品相看上去倒是值八百日元。适合青年的是天蓝色的箱型包，新船一般的蔚蓝色包身搭配闪闪发亮的镀金卡扣，形成了妙不可言的对照；适合中年人的茶色提包也是箱型包，由仿鸵鸟皮压模成型，工艺相当考究，乍一看几乎和真鸵鸟皮难辨真假；只有适合老年人的黑色提包不是箱型，但无论是细长的金色锁扣还是横长的船形轮廓，无不工艺精良，彰显高贵雅致。

新治母亲想要那个适合中年人的包，便第一个报了名。

紧跟着报名的是初江。

载着八名参赛海女的船驶离海岸。掌舵的是不参赛的中年女人。八人中只有初江是青年。年轻姑娘们知道自己反正是争不过的，便主动弃权，纷纷准备为初江加油鼓劲。留在岸边的女人们分别声援自己喜欢的选手。船沿着岩滩由南向海岛东面驶去。

留在岸边的海女们围着老商贩，唱起歌来。

海湾的海水湛蓝清澈。波澜不惊时，可以清晰地看到红色海藻包裹着的圆形岩石仿佛漂浮在水面上一般，而实际上它还在深深的水底。海浪经过它上方，膨胀起来。波浪的纹理、折射光和飞沫在海底岩石上投下了毫无二致的影子。浪头刚刚涌起便在礁石上砸得粉碎。接着，喧嚣声宛如深深的叹息，响彻海滨，盖过了海女们的歌声。

一小时后，船从东侧的岩滩回来了。因为是比赛，船上八人的疲惫程度要甚于平时的十倍，她们赤裸的上半身互相依偎着，视线投向不同的方向。湿漉漉、乱糟糟的头发和旁边人的头发纠缠在一起，分不清你的我的。有两人因为裸身太冷而抱在了一起。乳房上泛起了鸡皮疙瘩，而阳光太过明亮，那被晒黑的裸体宛如一具具溺死者苍白的尸体。海岸边迎接她们归来的喧闹声和悄然驶来的小船，气氛极不相称。

一下船，八个人便躺倒在篝火旁的沙地上，不言不语。

老商贩将她们的桶一一接过来，清点了一番，高声宣布鲍鱼的数量：

“二十只！初江小姐第一！”

“十八只！久保太太第二！”

初江与新治母亲分别获得第一名和第二名，她们抬起疲劳充血的眼睛互相交换了一下眼神。歌岛上最干练的海女，败给了外地的海女调教出的能干少女。

初江默默起身，到岩石背阴处领奖。她拿过来的却是适合中年人的茶色手提包。少女将手提包塞到新治母亲手里。新治母亲激动得涨红了脸：

“为什么给我……”

“父亲曾说过对不起阿姨的话，我一直想着给您道歉呢！”

“真是个好姑娘！”老商贩叫道。大伙儿对初江赞不绝口，并劝新治母亲接受姑娘的好意。于是，母亲将茶色手提包用纸精心包好，夹在裸露的腋下，爽朗地说了声：

“谢谢！”

母亲心性直爽，大大方方接受了少女的谦让。少女微微一笑。母亲心想：儿子选媳妇的眼光很高明啊。——岛上的政治活动向来是这样进行的。

第十四章

梅雨期间，新治每天都在煎熬中度过。初江的来信也已断绝。初江父亲之所以会去八代神社妨碍她们约会，一定是因为发现了她的信，之后便严禁女儿写信了。

还没有完全出梅的一天，照吉名下的机帆船——歌岛丸的船长上岛了。歌岛丸是停泊在鸟羽港的。

船长先去了照吉家，随后去了安夫家，入夜后去了新治的老板十吉家，最后才到新治家来。

船长四十多岁，有三个孩子。他身材魁梧，向来自诩力大无穷，为人却老实厚道。他也是个虔诚的法华宗信徒，每逢阴历盂兰盆节，如果人在村里，他便会代理和尚的职务，去念念经。船员们口中的横滨阿姨和门司阿姨都是船长的女人。每次到那些港口，船长便带着年轻小伙子们去女人家里喝酒。阿姨们打扮朴实，将小伙子们照顾得无微不至。

船长脑袋秃了一半，大伙儿都说这是沉迷女色惹的祸。于是船长总戴着镶饰金辫带的制帽，以正威仪。

船长来到新治家，开门见山地对母亲和新治说明了来意。村里的男孩到了十七八岁便要上船当伙夫修行。伙夫也就是甲板实习生。新治的年龄也快到了，船长是来问新治是否愿意上船去当伙夫的。

母亲沉默不语。新治表示要和十吉商量后答复。船长表示已经征得十吉同意了。

即使如此，这事儿还是透着蹊跷。歌岛丸是照吉家的船，按理说，照吉不可能让自己憎恨的新治到自家船上工作。

“不，照爷也承认，你会成为一名好船员的！我一提你的名字，照爷便答应了。咳，你就好好干吧！”

保险起见，新治和船长一起去了趟十吉家，十吉也好生劝说了一番。他表示，太平丸也舍不得新治的离开，可他不能耽误年轻人的前途。于是，新治应允了。

次日，新治听到一个奇怪的传言，说是安夫也定下了，要上歌岛丸当伙夫。安夫并不是主动要求当伙夫的，但照爷宣布，上船当伙夫是和初江结婚的条件，安夫不得已才答应的。

听了这些传言，新治的内心涌现出不安和悲伤，以及一缕希望。

为了祈祷出海平安，新治随母亲一起到八代神社参拜，求了护身符。

出海那天，在船长的陪同下，新治和安夫坐上了渡轮神风丸前往鸟羽港。为安夫送行的人很多，初江也在其中，但不见照吉的身影。而为新治送行的人只有母亲和阿宏。

初江没有看向新治的方向。当渡轮即将起航时，初江对新治母亲耳语了几句，并交给她一个小纸包。母亲将那纸包交给了儿子。

上船后，因为船长和安夫在场，新治找不到机会打开纸包看。

他眺望着渐渐远去的歌岛。这时，这个生于斯长于斯、对歌岛的爱高于一切的青年才发现，如今自己竟迫切地希望离开这个海岛。之所以会接受船长的邀请，也是出于自己对离岛的期盼。

当歌岛消失在视野中时，新治的内心平静了下来。和每天的出海捕鱼不同的是，今夜无须再回岛了。他的内心叫嚣着:“我自由啦！”他第一次知道，世间竟有一种如此奇妙的自由。

神风丸冒着小雨前行。昏暗的船舱里，船长和安夫躺在榻榻米上，已进入了梦乡。自打上船后，安夫还没有和新治说过一句话。

青年将脸凑近滴着雨水的小圆窗，借着外头的光线看初江给他的纸包里的东西。里面装着八代神社的护身符、初江的照片和一封信。信里写着:

“从现在开始，我每天都会去八代神社祈祷新治平安无事。我的心已经属于你，请一定要平安健康地回来啊！送你一张照片，就当我跟着你一起去航海啦。这照片是在大王崎拍的哦。——这次的事，父亲虽然什么都没透露，但我觉得，他特意让新治和安夫上自家的船，应该是有什么别的考虑。我感觉看到了某种希望。请你不要放弃希望，加油工作哦！”

这封信为新治带来了勇气。他感到自己的双臂充斥着力量，全身洋溢着活着的意义。安夫仍在呼呼大睡。新治借着小窗外的光亮，凝视着倚靠在大王崎巨松旁的少女的照片。

照片中，海风翻卷着少女的裙摆。去年夏天，海风穿过她的白色连衣裙，打着旋儿纠缠在她的肌肤上。回忆起自己也曾做过和海风一样的事，他便精神振奋起来。

舍不得收起来，新治便一直凝视着照片。竖在圆窗边缘的照片背后，烟雨蒙蒙中的答志岛自右面缓缓而来……青年的内心再次失去了平静。对他而言，希望折磨人心——恋爱的这种神奇之处已不再陌生。

抵达鸟羽港时，雨已停了。云朵裂开一条缝，一道微弱的银白色光线从云缝中洒下来。

停泊在鸟羽港的船大多是小渔船，所以一百八十五吨位的歌岛丸特别醒目。三人跳上了在雨后阳光的照耀下闪闪发亮的甲板。水滴闪着亮光，顺着涂了白漆的桅杆滑落下来。威风凛凛的起重机臂折叠在船舱上空。

船员们还没有回来。船长将两人带入船长室隔壁的船室。这间屋子有八张榻榻米大小，位于厨房和食堂的上方。除了储物柜和中间地板上铺了带边的薄席子外，右侧是两张双层床，左侧只有一张双层床和轮机长的床。两三张女明星的照片像护身符一样贴在天花板上。

新治和安夫被分配到右侧的双层床。在这个屋里休息的除了轮机长之外，还有大副、二副、水手长、水手、加油工等，不过总是有一两人在值班，所以现有的铺位是够用的。

接着，船长带他们参观了指挥台、船长室、船舱和食堂，之后吩咐他们在船员回来前就待船室里休息，便离开了。只留下两人在船室里面面相觑。安夫心虚起来，便先示弱了：

“现在就剩你我俩兄弟了。虽然在岛上时发生了很多事，今后咱们还是和睦相处吧！”

“嗯。”新治简短地应了一声，微微一笑。

接近黄昏时，船员们回来了。几乎都是歌岛人，所以也都是新治和安夫的熟面孔。满身酒气的他们将二人捉弄了一番后，说明了他俩每天的工作以及各项任务。

船将在第二天上午九点起航。新治马上就被分派了一个任务，要在天刚蒙蒙亮时摘下桅杆上的停泊灯。停泊灯就相当于家里的护窗板，灯灭即起床的信号。新治几乎一夜没合眼，天还没亮便起床了。天边刚泛白，他便去摘停泊灯了。晨光笼罩在蒙蒙细雨中，港口的两排路灯延绵向鸟羽站。火车站方向传来货运列车粗犷的汽笛声。

布帆已被叠起，青年爬上了光秃秃的桅杆。湿漉漉的桅杆触感冰冷，海浪轻舔着船底，细微的波动精准地传递到桅杆上。在雨雾弥漫的清晨第一道微光下，停泊灯呈现莹润的乳白色。青年伸出一只手探向吊钩，停泊灯仿佛不愿被摘下一般剧烈晃动起来。湿漉漉的玻璃灯罩里，火焰忽明忽暗地闪烁着，雨滴落在青年仰起的脸上。

新治遐想着，下一次自己会在哪个港口摘下这盏灯呢?

歌岛丸租给了山川运输公司当运输船，要运输木材去冲绳再返回神户港，往返用时约一个半月。船穿过纪伊航道，中途停靠神户港，又从濑户内海西行，在门司接受海关检疫后，再从九州东岸南下，在宫崎县的日南港取得出港许可证。日南港有海关的派驻办事处。

九州南端大隅半岛的东侧有一处海湾，名为“志布志湾”。面朝该海湾的福岛港位于宫崎县的外围，火车还没开到下一站就已经过了与鹿儿岛县的县界。歌岛丸在福岛港装卸货物，这次装的是一千四百石[①] 木材。

驶离福岛港后，歌岛丸便相当于远洋轮船了。从这里到

---

① 石，日本度量衡的船或木材的体积单位，1石等于10立方尺。

冲绳将花上两个昼夜乃至两个半昼夜的时间。

在没有装卸等任务的闲暇时间里，船员们就窝在船室中央的那三张榻榻米大小的薄席子上，无所事事地听着便携式唱片机。唱片的数量不多。划痕累累的唱片和锈迹斑斑的唱针接触，放出吱吱啦啦的歌声。每首歌都以港口、水手、雾、女人的回忆、南十字星、酒、带叹息的咏叹调结尾。轮机长五音不全，每次出海都试图学会一首歌，可总是没记住，等到下次出海时已忘得一干二净。船猛地一晃，唱针便斜着往旁边一滑，划伤了唱片。

到了晚上，有时也会讨论些漫无边际的话题直到深夜，比如有关“爱情与友情”“恋爱与结婚”“有没有和生理盐水注射剂等量的葡萄糖注射剂”等话题，足够展开数小时的辩论。结果就是能坚持己见到最后的人胜出。在岛上担任青年会支部长的安夫的观点条理清晰，令前辈们甘拜下风。而新治嘛，只是默默地抱着膝盖，笑眯眯地倾听大家的高谈阔论。有一次，轮机长对船长说：“那家伙肯定是个傻子！”

船上的工作忙得不可开交。从起床第一件事——打扫甲板乃至所有的杂务，都会推给新来的人做。渐渐地，安夫的懒惰令人看不过去了。因为他的态度是只要干了分内事就好。

新治为安夫打掩护，帮忙把安夫分内的事给做了，所以他的这种态度并没有马上暴露。但一天早晨，安夫从打扫甲板的岗位上开溜，假装上厕所，跑到船室里偷懒，气得水手长大发雷霆，而安夫竟然用相当欠妥的话顶了回去：

“反正我回岛就是照爷的女婿啦！那这艘船就是我的啦！”

水手长气不打一处来，可又担心万一这事真成了，自此不再当面训斥安夫，而是将这个新人的狂言悄悄告诉了同事。结果反而对安夫更不利了。

若不是趁着每晚睡觉前的一刻或值班的机会，忙碌的新治连看一眼初江照片的空闲都没有。他不想让任何人看到照片。有一天，安夫又吹嘘自己要当初江家的女婿了，新治难得实施了一次精心的报复——他问安夫有没有初江的照片。

“嗯，有哇。”

安夫当即答道。新治心知肚明，那是谎话。他的内心充满了幸福感。

过了一会儿，安夫貌似不经意地问道：

“你也有吗？”

“什么？”

“初江的照片啊。”

“呃，没有。”

这恐怕是新治有生以来第一次撒谎。

歌岛丸抵达了那霸。接受了海关的检疫，随后进港卸货。因为要去运天港装载运往内陆的铁屑，船不得不在此停泊两三天。但运天港并非通商口岸，进港通行证迟迟没有批下来。运天港位于冲绳岛北部，是“二战”中美军最先登陆日本的地点。

普通船员不许上岸，他们便每天在甲板上眺望荒岛上光秃秃的山头来消磨时光。因为担心有哑弹残留，山上所有的树木都被登陆的美军烧了个精光。

朝鲜战争虽已告一段落，但岛上风光中洋溢着不同寻常的风情。战斗机演习的轰鸣声终日不绝于耳，沿着海港铺设的宽敞混凝土马路上，亚热带的夏日骄阳照耀下熠熠生辉的无数车辆来来往往。有小轿车，有卡车，也有军用汽车。沿路紧急修建的美军住所闪耀着鲜艳的沥青光泽，民房被摧毁后胡乱拼凑的白铁皮屋顶为风景添了些许丑陋的斑驳。

只有大副一人上岸，去山川运输公司的承包公司请代理人。

回航运天港的许可证终于办好了。歌岛丸进了运天港，将铁屑装载完毕。这时，他们接到台风来袭的警报，冲绳将在风力范围之内。为尽快出发以逃离台风圈，船一早便出港了。接下来只消一路疾驰驶向内陆即可。

清晨便下起了小雨，海浪汹涌翻腾，刮的是西南风。

身后的山峦很快便消失在视线中，靠着罗盘针，歌岛丸在视野狭窄的大海上航行了六小时。气压计显示的气压不断下降。浪头越发高耸，气压低到了异常的程度。

船长决定返回运天港。狂风撕扯着大雨，能见度几乎为零，回运天港的六小时旅途历尽艰辛。运天港的山峦终于映入眼帘。对地形了如指掌的水手长站在船头警戒。海港被周长两英里的珊瑚礁环抱着，珊瑚礁间没有浮标设备，因此要穿过其间的航道入港非常困难。

“停……走……停……走！”

歌岛丸几度停下来，减速驶进了珊瑚礁的缝隙。时间是下午六点。

珊瑚礁内侧，一艘鲣鱼捕捞船正在避难。歌岛丸用几条缆绳和这艘船的船舷连在一起，进了运天港。港内的波浪势头有所收敛，但风势更加猛烈。船舷相连的歌岛丸和鲣鱼捕捞船分别用两根缆绳和两根钢索将各自的船头拴在港内有三张榻榻米大小的浮标上，以防止风灾。

歌岛丸上没有无线电设备，航海时全靠罗盘针指向。因此，鲣鱼捕捞船的无线电台长将台风的路径和方向信息逐一通知了歌岛丸的指挥台。

谁也无法断言缆绳和钢索绝无断裂的风险。入夜后，鲣鱼捕捞船派出每班四人进行警戒，歌岛丸也派出每班三人进行警戒，以密切监视情况。

浮标能否保得住已令人惴惴不安了，但大家更担心的是绳索是否会断裂。所谓警戒，就是和风浪搏斗的同时，不断冒着危险用盐水打湿绳索。因为一旦变干了，就有断裂的危险。

晚九点，两艘船被风速二十五米的台风包围了。

晚十一点开始，轮到新治、安夫和另一位年轻水手值班。三人跌跌撞撞地爬上了甲板。水花打在他们脸上，仿佛针扎一样。

甲板上无法站立。甲板像一堵墙，横亘在眼前，船上所有部件都嘎吱作响。港口内的海浪未及冲刷甲板的强度，但狂风扬起的浪花翻卷成水雾，遮蔽了他们的视线。三人好不容易爬到了船头铁桩处，紧抱住铁桩。那两根缆绳和两根钢索便是用来将这铁桩和浮标拴在一起的。

半夜里，远在二十米之外的浮标依稀可见。看上去不过是白色物体在一片漆黑中微弱地展示着自身的存在而已。而伴随钢索发出的惨叫般的嘎吱声，一股强风猛地砸了过来，将船体高高抬起，浮标则在黑暗中往下跌落，看上去遥远而渺小。

三人紧紧抓住铁桩，互相交换了一下眼神，说不出话来。海水打在脸上，眼睛几乎都睁不开。风的嘶吼和海的啸叫反而为笼罩着三人的无尽暗夜添了一丝狂暴的寂静。

他们的任务是紧盯着缆绳。缆绳和钢索都绷得紧紧的，连接着浮标和歌岛丸。在狂躁的疾风肆虐下，一切仿佛都在动摇，唯独那些绳索画出一道道坚定的直线。目不转睛地盯着它们，使三人的内心涌现出一种源于专注的信念。

有时，风似乎突然打算偃旗息鼓，这样的瞬间反而使三人战栗。须臾间又一股强风砸来，打得桅杆直哆嗦，发出可怕的巨响，将气流推向远方。

三人默默地注视着缆绳。呜呜风声中，缆绳断断续续地发出尖锐而高亢的轧轧声。

“快看这个！”

安夫大喊一声。钢索发出不祥的声响，缠在铁桩这一端似乎发生了位移，三人眼睁睁地看着面前的铁桩发生了某种细微但令人毛骨悚然的变化。此时，黑暗中一条钢索反弹回来，如同钢鞭般一闪，撞在铁桩上，发出呻吟般的响声。

说时迟那时快，三人卧倒在甲板上，躲过了被断裂的钢索打中之劫。若被打中，保准要皮开肉绽。钢索如同垂死挣扎的生物一般，发出尖锐的响声，在黑漆漆的甲板上胡乱窜动着，画了个半圆后静了下来。

总算明白了事态的严重性，三人脸色苍白。拴船的四条缆绳已断了一条，剩下的一条钢索和两条缆绳也难保何时会断裂。

“报告船长吧！”

安夫说道，离开了铁桩。他抓着固定的东西前进，多次被吹倒在地，好不容易到了指挥台，向船长报告了情况。身材魁梧的船长倒是镇定自若。至少看上去如此。

“是吗？终于要用上保险绳了吗？凌晨一点左右，台风的风力最强，所以现在用保险绳就万无一失了。要派人游过去把保险绳拴到浮标上。”

船长和大副将指挥台的事务交给了二副，跟着安夫过来了。他们像老鼠拖年糕一样，又是滚又是拖，慢慢地将保险绳和一条新的细绳从指挥台搬到了船头铁桩处。

新治和水手抬起头，投去了询问的目光。

船长弯下腰，大喊道：

“谁去把保险绳拴到对面的浮标上？”

风的嘶吼声为他们的沉默打了掩护。

“没人去吗？这群胆小鬼！”

船长又一次喊道。安夫哆嗦着嘴，缩了缩脖子。新治则爽朗地高声回应了。透过黑暗浮现的那双洁白整齐的皓齿可以确定，那一刻的他是面带微笑的。

“我去！”

“好。你去吧！”

新治站起身来，这位青年为刚才蜷缩着身子的自己感到羞耻。来自黑夜深处的狂风撞击在他的身上，他却稳稳当当地站在摇晃不已的甲板上，对习惯了在暴风雨天出海的他而言，这甲板不过是一块耍着小性子的地面罢了。

他侧耳倾听，台风正在他英勇的脑袋上方肆虐。无论是大自然安逸的午睡，还是这种疯狂的宴席，他都同样具有被款待的资格。汗水湿透了他的雨衣内侧，浸泡着他的前胸后背，所以他将雨衣脱了扔在一边。于是，一个穿着白色圆领衬衣的光脚青年的身姿浮现在暴风雨的黑暗中。

船长指挥着四人将保险绳的一端拴在铁桩上，另一端拴在细绳上。在风的阻挠下，作业进展并不顺利。

保险绳拴好后，船长将细绳的绳头递给新治，并在他耳边喊道：

“你把这细绳缠在身上游过去，然后把保险绳拽过去拴在浮标上！”

新治在自己裤腰带上将细绳缠了两圈。他站在船头俯视着大海。被船头撞得粉碎的水花和飞沫下方，黑黝黝的波涛汹涌翻腾着。它重复着毫无规律的动作，藏匿着支离破碎且危机四伏的心血来潮。眼看着浪头直逼眼前，却又急转直下，露出漩涡翻滚、深不见底的深渊。

这时，新治的心里掠过挂在船室的上衣内袋里装着的初江的照片。但这个无用的闪念随即被风撕碎，他双脚用力踩了一下甲板，纵身跃入海中。

距离浮标二十米。无论是他那自信不输任何人的膂力，还是可以环游歌岛五圈的游泳技术，也不敢打包票可以游过这二十米。一股可怕的力量压制着他的双臂，那双试图破浪前行的双臂仿佛被无形的棍棒打得抬不起来。他的身体不受控制地随波漂荡，自己的力量刚和波浪势均力敌地扭在一起，却突然像是脚底踩了油一般白费力气。相信浮标已触手可及的新治从浪里抬眼一看，发现它仍和原来一样遥不可及。

青年竭尽全力游着。巨大的阻力渐渐后退，让开一条通路，就像坚硬的岩石被凿岩机凿穿了一般。

手刚碰到浮标，青年的手一滑，浮标又被推了回去。接着，他幸运地被波浪猛地推送过去，胸脯险些撞上浮标，便借机一口气爬上了浮标。他做了个深呼吸，风瞬间封住了他的口鼻。那一刻，他觉得自己要窒息，一时间竟忘了接下来要做的事。

浮标大方地将自己委身于黑黝黝的大海，随波漂荡着。浪头一次又一次冲上浮标的半腰，又喧闹着泻下。为了防止自己被风吹走，新治屈身解开身上的细绳，被海水泡湿的绳扣很难解开。

新治拉着已解开的细绳，这才看向船的方向。船头铁桩处，四个人影合成了一团。鲣鱼捕捞船的船头，值班人员也在注视着这边。距离只有区区二十米，却显得相当遥远。拴在一起的两艘船的黑影同步高高升起，又低低沉下。

风施加在细绳上的阻力小，用手捯细绳时倒也相对轻松。忽然绳头变得沉重起来，直径十二厘米的保险绳被拉了过来，新治险些被拖入海中。

风的阻力重重地扑打在保险绳上，青年的手好不容易才抓住了保险绳的绳头。保险绳太粗，连他那强有力的大手掌都握不下。

新治无处使劲。他试图站稳脚跟，但风不允许他采取这个姿势。如果一个不留神让保险绳的力气占了上风，他可能会被拽入海里。他湿漉漉的身体在发热，脸上火辣辣的，太阳穴剧烈地跳动着。

当他将保险绳在浮标上缠了一圈后，操作就变得轻松起来。并且，由于产生了着力点，新治的身体反而可以倚靠在粗大的保险绳上了。

他又缠了一圈，沉着地打结加固，举手宣告操作成功。

他清晰地看到船上的四人挥手回应。青年忘却了疲劳，活泼的本能苏醒过来，本已衰竭的力气重新涌现。他迎着暴风雨痛快地深吸一口气，纵身跃入海里游了回去。

甲板上放下来的绳索将新治救起。青年爬上甲板，船长的大手掌拍着他的肩膀。他累得险些昏死过去，全靠一股男子汉的毅力支撑着。

船长命安夫搀扶他去船室。没有当班的船员们帮新治擦拭身体。小伙子一沾床便陷入了沉沉的梦乡，无论暴风雨如何喧闹，都无法阻挠他的安睡。

次日清晨，新治一睁眼，发现枕边已经洒下了明晃晃的阳光。

透过寝床旁的圆窗口，他看到了台风过后澄明的晴空、亚热带骄阳照耀下的秃山和大海风平浪静的粼粼波光。

第十五章

歌岛丸的回港时间比原计划晚了几天。因此本该在八月中旬的旧盂兰盆节前回到歌岛的船长、新治和安夫未能赶上节日。在渡轮神风丸的甲板上，三人听到了岛上的新闻——旧盂兰盆节前的四五天，一只大龟爬上了古里海滨。龟立马被杀掉了，龟蛋装了满满一桶，以两日元一个的价格被卖掉了。

新治去八代神社还了愿，随后参加了十吉的宴请。不会喝酒的新治被灌了好几杯。

第三天开始，新治又上了十吉的船，出海捕鱼了。新治只字未提航海时发生的事，但十吉早已从船长那里一一听说了。

“听说你立了大功啊！”

“没什么。”

青年脸色微微发红，但没有再多说什么。如果不了解他的为人，没准会以为他这一个半月是跑哪儿睡大觉去了呢。

过了一会儿，十吉不动声色地问道：

“照爷没说点什么？”

“嗯。”

“这样啊。”

没有任何人提及初江，而新治并不觉得有多寂寞。他在三伏天的大浪里颠簸的船上专心致志地干着自己熟悉的活。这种劳动就像一件量身定制的衣服，和他的身心严丝合缝，丝毫不给烦恼留下潜入的余地。

他的内心一直充斥着奇妙的满足感。傍晚，一艘白色货轮航行在大洋上，那身影与很久以前见到的那艘并不一样，又为他带来了一种全新的感动。

“我知道那艘船的去向。船上的生活以及它的艰辛，我全都知道。”

新治想道。至少，那艘白船的身影已不再未知。但夏末的黄昏里，拖着长长的黑烟渐行渐远的白色货轮的真实轮廓比未知更能撩拨他的心弦。新治的掌心忆起自己拼尽全力拽拉的那条保险绳的分量。那是他曾经真真切切地用他结实的手掌，触碰到了自己曾经远眺的“未知”，他感觉自己也可以触碰到大洋上的那艘白船。在童心的驱使下，他抬起骨节粗壮的五根手指，手搭凉棚眺望着晚霞密布下影子已变得越发浓暗的东方海面。

——暑假已经过半，但千代子迟迟未归。灯塔长夫妇日日盼着女儿回岛。发出了催促的信，但没有回应。再发一封，过了十天她才不情不愿地回了信。也没说理由，只是简单写着“这个暑假回不了岛了”。

母亲最后想出哭诉的招数，又发了一封写满十多张信纸的快信倾诉衷肠，恳求女儿回来。收到回信时暑假已接近尾声，新治已回岛七天了。信里出乎意料的内容让母亲大吃一惊。

千代子在信里向母亲坦白，自己在暴风雨那天看到两人依偎着从石阶上走下来，便多管闲事地向安夫嚼舌，使新治和初江陷入了痛苦不堪的困境。罪恶感至今仍然折磨着千代子的心。只要新治和初江没有幸福地在一起，自己就不能觍着脸回岛。因此，如果母亲能居中斡旋说服照吉，使有情人终成眷属，以此为条件，她就可以回岛，云云。

这封悲剧性的施恩图报的信，吓得善良的母亲胆战心惊。灯塔长太太寻思着，若自己不采取适当的措施，女儿没准会经不起良心的谴责而自杀。她在各种书上看过年轻姑娘为了点儿鸡毛蒜皮的小事而自杀的可怕案例。

灯塔长太太决定不让丈夫看到这封信，自己尽快处理好一切，好让女儿早日回岛。她换上了外出时穿的白色麻布西装，去拜访学生家长商量棘手问题的女校老师气场便回到了她身上。

去村里的下坡路旁有户人家，在房前铺了席子晒芝麻、小豆、大豆等作物。芝麻那青色的小小颗粒沐浴在夏末的阳光里，为颜色鲜亮的草席粗疏的网格添了一个个可爱的纺锤状影子。站在这里俯视大海，今天的浪头并不高。

灯塔长太太穿着白色凉皮鞋，脚步轻盈地沿着村里的混凝土大道逐级而下。她听到热闹的欢笑声和有节奏地捶打湿衣物的声音。

定睛一看，原来六七个穿着便服的女人正在沿路的小河边洗衣服。旧盂兰盆节过后，海女们偶尔才去采采黑海带，闲下来了就鼓足了劲儿清洗积攒下来的脏衣服。太太在人群中看到了新治母亲的脸。大家基本不用肥皂，而是把衣服放在平坦的石头上用双脚踩。

“哟！太太，今天是要去哪儿呀？”

女人们纷纷打招呼，并鞠躬致意。她们卷起便服露出的黑腿上，晃动着水影。

“到宫田照吉家去一趟。”

太太答道。她琢磨着，既然见到了新治母亲，不打声招呼便去谈人家儿子的婚事有些不妥。她从石板路上绕过来，踏上长满青苔、滑溜溜的下河石板。穿着凉鞋脚下不稳的她背对着河面，好几次回头偷偷瞄了瞄河面，攀住石阶慢慢地走了下来。一个女人站在小河中央，伸手给她搭了一把。

一下到河边，太太便脱下了光脚穿的凉鞋，开始过河。

对岸的女人们呆呆地看着太太这个冒险的举动。

太太抓住新治母亲，在她耳边说着周围人都能听到的、笨拙的悄悄话：

“其实在这种地方问话有点那个，不知新治和初江的事后来怎么样啦？”

冷不防被这么一问，新治母亲瞪大了眼睛。

“新治是喜欢初江的吧？”

“哈，啊，怎么说呢……”

“不过照吉老爷子从中阻挠，对吧？”

“这个，怎么说呢……所以也是吃了不少苦……”

“那初江是什么想法呢？”

其他海女们也纷纷掺和进了这番想听不到都难的悄悄话里。首先呢，一提到初江的事，自打老商贩举办的那场比赛以来，海女们都站在了初江一边，也听到了初江的真心话，是一致反对照吉的。

“初江也喜欢新治，太太。真的。不过呢，照爷打算招那个没出息的安夫当上门女婿，哪有这么荒唐的事呀？”

“就是说嘛！”太太用讲课的口吻说道，“我们家在东京的女儿给我写了一封恐吓信，要我一定要让他们在一起。我现在正打算到照吉家去谈谈呢！不过也得先问问新治妈妈的意见。”

新治母亲拿起了脚下踩着的儿子的睡衣。她慢条斯理地拧着水，陷入了沉思。不一会儿，新治母亲向太太深深地鞠了一躬，说道：

“那就拜托您啦！”

在豪侠气概的驱使下，其他海女们像河边的水禽一样叽叽喳喳地商量着，想到了一个主意——她们代表村里的女性跟着太太一同前去，用人数压倒照吉，这样比较有利。太太同意了。于是，除了新治母亲以外的五名海女讨论后决定，迅速将正在洗的衣服拧干了端回家，在前往照吉家的拐弯处会合。

灯塔长太太走进宫田家昏暗的土间。

“您好！”

她用那尚且年轻有弹性的声音招呼道。没有反应。屋外五位脸晒得黝黑的女人眼里闪耀着热情的光芒，像仙人掌一样探头往土间里瞧。太太又喊了一声，空荡荡的家中回响着她的声音。

过了一会儿，楼梯上传来动静，身穿浴衣的照吉下来了。初江似乎不在家。

“嗬，灯塔长太太！”

照吉威风凛凛地站在门槛横木上，嘀咕了一句。一般访客看到主人没给好脸色、倒竖着马鬃般的白发来接待客人，恐怕都想打退堂鼓溜之大吉了。太太也有点怯阵，但还是鼓起勇气说：

“有些事想跟您当面谈谈。”

“是吗？请进吧！”

照吉转身，飞快地上了楼。太太紧随其后，五个女人也蹑手蹑脚地跟在后面。

照吉把太太请到二楼最里面的客厅，自己则坐到了壁龛立柱前面，即使屋里的客人增加到了六位，也没有表现出多吃惊的神色。他无视客人，视线朝向敞开的窗户，手里把玩着一把美女图像的团扇，那是鸟语港药店的广告。

透过窗户看出去，歌岛港就在下方。堤防里只停着一艘船，那是合作社的船。伊势海遥远的上空，夏云停滞不动。

外头光线太亮，使室内显得昏暗。壁龛里挂着上上任三重县知事的笔墨，还有一对散发着树脂般光泽的根雕鸡，使用某种盘根错节的树根，就势利用分叉的树枝雕出鸡尾和鸡冠。

没铺桌布的紫檀桌这边，坐着灯塔长太太。门口的帘子前，五名海女不知将方才的气势忘到哪儿去了，坐成四角形，仿佛在举行便装秀。

照吉朝向别处沉默不语。

夏日午后闷热的沉默压在人们心头，只有屋里四处乱舞的几只银蝇的嗡嗡声独占着这份沉默。

灯塔长太太擦了几次汗。

她终于开口说道：

“刚才说的有话要谈，指的是府上的初江和久保家的新治的事……”

照吉照旧面朝别处。良久，他才冒出一句：

“初江和新治呀？”

“嗯。”

照吉这才转过脸来，面无表情地说道：

“那件事的话，已经定啦。新治就是要成为初江夫婿的人。”

女客们如决堤之水一般骚动起来。照吉可不管客人们的情绪，继续说了下去。

“话是这么说，毕竟两人都还太年轻，眼下也就是先订个婚，等新治成人后再正式办婚礼。听说新治的母亲生活也不宽裕，也可以把他母亲和弟弟接过来一起过；或者双方谈一谈，每月给点钱贴补一下。这话我还没对任何人说起过。

起初我也很生气，可一拆散他们，初江就跟丢了魂似的，我就觉得这样下去也不是个事。于是想了个办法，请船长帮忙。让新治和安夫都上我家的船，试探一下谁是有前途的男子汉。这话船长也跟十吉透了底。估计十吉什么都还没对新治说吧。好啦，就是这么一回事。船长很中意新治，说再没有比他更好的女婿啦！新治又在冲绳立了大功，我也就重新考虑，决定招他为女婿啦！总的来说……”

照吉加重了语气：

“汉子就是要有魄力，只要有魄力就好。歌岛的汉子没魄力可不行。门第和财产都是次要的，你说对吧，太太？新治有的是魄力呀！

第十六章

新治可以公然出入宫田家了。一天晚上，新治出海捕鱼回来，穿上干练的白色翻领衬衫和长裤，两手各拎着一条大鲷鱼，在宫田家门口呼唤初江的名字。

初江早已整装待发。他俩已约好一起去八代神社和灯塔报告订婚的喜讯并致谢。

土间周围的暮色忽然变亮，原来是初江走了出来，她穿上了之前向老商贩买的白底大朵牵牛花图案的浴衣，那白底在夜色里也颇为鲜亮。

新治正将一只手搭在门上等待着，一见初江出来，便急忙低下头，伸出一只穿着木屐的脚在周围横扫一番，自言自语道：

“好多蚊子呀。”

“是呢！”

二人登上了八代神社的石阶。他们大可游刃有余地一口气跑上去，但心满意足的他们似乎要细细品味一番，便一级一级地往上爬。爬到第一百级左右时，继续往上似乎有些可惜了。青年想牵住初江的手，但手中拎着的鲷鱼妨碍了他。

上天也对他们恩宠有加。二人爬到顶，回望伊势海。此刻夜空繁星璀璨，要说云嘛，只有知多半岛方向低垂的云朵，时不时划过无声的闪电。波涛也并不汹涌。大海仿佛正打着健康的鼾声，听起来规律而安详。

二人穿过松林，到朴素的神社参拜。青年为自己的击掌声清脆有力、响彻四方而自豪。于是，他又拍了一次手。初江低头祈祷着。在白底浴衣的衣领映衬下，她的脖颈并不白皙，但这不白皙的玉颈反而比任何粉颈都令新治心动。

幸福感再次充溢着青年的内心——诸神实现了所有的愿望。两人祈祷了良久，并感悟到自己对诸神的深信不疑带来了诸神的庇佑。

神社办公室灯火通明。新治招呼一声，窗户开了，神官探出头来。因为新治不善言辞，很难让神官明白二人的来意，好不容易才讲清楚。新治递上了神前供奉用的鲷鱼。接过这条漂亮的大鱼，神官想到不久之后自己将亲手主持的婚礼，便发自内心地表示了祝贺。

二人从神社背后上了松林路，这才尝到了入夜的凉意。天幕已全黑，茅蜩仍在鸣叫。前往灯塔的路崎岖难行。因为已经腾出了一只手，新治便牵住了初江的手。

“我呢，”新治说道，“以后会去参加考试，拿到海员资格证，将来当大副。满二十岁才能拿资格证呢！”

“真好！”

“拿到了资格证，就可以办婚礼啦！”

初江没有回答，羞赧地笑了。

拐过“女儿坡”，接近灯塔长家的路灯时，看到玻璃门上晃动着太太准备晚饭的身影。新治像往常一样打了声招呼。

太太开了门，看到站在暮色中的青年和他的未婚妻。

“哟，一起来啦？”

太太伸出双手才勉强将新治递过来的大鱼接住，高声喊道：“孩他爸！新治送来了好大的鲷鱼。”

不爱动的灯塔长在屋里没有挪窝，喊道：

“总是麻烦你，谢谢。这次要恭喜你们啦！快进来吧，进来吧！”

“快进来吧！”太太补充了一句，“明天千代子也会回来哦！”

青年对自己给千代子带去的感动和各种苦恼一无所知，听了太太没头没脑地补充的这句话，也没往细处想。

二人被硬留下吃饭，在灯塔长家待了近一小时。临走时在灯塔长的提议下，参观了灯塔。因为刚回岛的初江还没见过灯塔的内部结构。

灯塔长先将二人带入了值班室。

从灯塔长官舍出发，穿过昨天刚播了萝卜种子的小菜地，爬上混凝土台阶便到了值班室。灯塔建在傍山的高台上，值班室则面朝断崖。

灯塔的灯光照射着值班室面临悬崖那一侧，形成一道雾蒙蒙的光柱，自右往左横扫着。灯塔长打开门，先进去开了灯。灯光照着挂在窗柱上的三角尺、收拾得井井有条的桌子、摆在桌上的船舶通行记录本以及架在窗户旁三脚架上的望远镜。

灯塔长打开窗户，亲自按照初江的身高调节好了望远镜。

“哇！好漂亮！”

初江用浴衣袖子擦拭着镜片，又看了看，发出了惊呼。

新治用他那视力极佳的眼睛观察着初江所指方向的灯火，为她解说。初江视线没有从望远镜上挪开，用手指了指东南方向海面上星星点点的几十处灯光。

“那个吗？那是机船拖网的灯光。全是爱知县的船哪！”

海面上的点点灯光和天空中的璀璨群星仿佛一一对应一般。眼前是伊良湖岬上灯塔的灯光。背后稀稀疏疏地散落着伊良湖岬街道上的灯火，左边依稀可见篠岛的灯火。

左边可见知多半岛野间海角的灯塔，其右是丰滨町住户的灯光。中央的红灯是丰滨町堤防的警示灯。最右边的大山顶上，航空灯塔的灯光闪闪。

初江再次发出惊叹，因为镜头里出现了一艘巨轮。

那是一种太令人惊艳的、肉眼无法看到的明晰而微妙的影像，所以在巨轮从镜头中缓缓通过的期间，青年和他的未婚妻便互相谦让着轮流欣赏。

巨轮看上去是一艘两三千吨位的客货两用船。他们清晰地看到船上的散步甲板，最里侧有几张铺着白色桌布的桌子和椅子，但空无一人。

他们看到在那个似乎是餐厅的房间深处涂着白沥青的墙壁和窗户，右边突然出现了一位白衣侍应生，从窗前走过……

不一会儿，亮着绿色前灯和后桅灯的巨轮离开了望远镜的视野，穿过伊良湖水道向太平洋方向驶去。

灯塔长带着二人上了灯塔。一楼摆放着注油器、油灯、油罐等，空气中弥漫着油味。发电机在轰隆隆地运行着。沿着狭窄的螺旋楼梯登顶，来到一间孤零零的圆形小屋，灯塔的光源悄然安置于此。

二人透过窗户看到，那光柱自右往左漠然地扫过黑黝黝的、波涛汹涌的伊良湖水道。

有眼力见儿的灯塔长将二人留在那里，自己下了螺旋楼梯离开了。

顶上的圆形小屋被一圈磨光的木壁包围着。黄铜零件闪闪发光，厚厚的透镜将灯泡周围光源五百瓦的亮度扩大到六万五千烛光[①]，保持着发射连闪白光的速度，悠悠地转动着。伴随着明治时代灯塔特有的叮叮叮的转动声，透镜的影子掠过四周的圆形木墙，又从脸贴窗户的青年及其未婚妻的后背扫过。

两人感到对方的脸近在咫尺，随时可以触碰到。还有那

① 烛光，最初发光强度以烛光为单位，即现在的“坎德拉”。

熊熊燃烧般的火热激情。……两人面前则是深不可测的黑暗，灯塔的光有规律地漠然闪过，透镜光影转过此处时，恰好将两人穿着白衬衣和白色浴衣的背影照得扭曲起来。

这时新治想到，虽然历经艰难险阻，最终他们在一种伦理道德中获得了自由，诸神的庇佑从未离开他们。也就是说，这个黑暗笼罩下的小岛护卫了他们的幸福，成全了他们的恋爱。……

突然，初江对着新治莞尔一笑，从袖兜里掏出一个小小的粉色贝壳，给新治看：

“这个你还记得吗？”

“记得。”

青年微微一笑，露出好看的牙齿。接着，他从自己的衬衣胸袋里掏出初江的照片，给未婚妻看。

初江轻轻碰了下自己的照片，便还给了男子。

少女的眼中浮现出自豪的神色，她觉得是自己的照片保护了新治。然而此时，青年却蹙了蹙眉，他知道，自己能在那次冒险中化险为夷，靠的是自己的力量。

一九五四年四月四日

三岛由纪夫年谱

大正十四年（1925年）

1月14日，三岛由纪夫出生于东京市四谷区永住町二番地（现新宿区四谷四丁目）。本名平冈公威。祖父平冈定太郎曾任桦太厅长官，父亲平冈梓曾任农林省官吏，母亲名叫倭重文。三岛由纪夫是长子，自幼病弱，受祖母夏子溺爱长大。

昭和六年（1931年）六岁

4月，进入皇族学校学习院初等科学习，曾在学校内部刊物发表诗歌、俳句作品。喜爱铃木三重吉、小川未明等作家创作的童话。

昭和十二年（1937年）十二岁

4月，从学习院初等科毕业，升入中等科，加入学校文艺部。同年7月，在校内文学杂志《学习院辅仁会杂志》第159期发表散文作品《春草抄——初等科时代的回忆》。

昭和十三年（1938年）十三岁

3月，在《辅仁会杂志》发表人生第一部短篇小说《酸模》。

昭和十四年（1939年）十四岁

1月，祖母夏子去世。

昭和十五年（1940年）十五岁

开始以平冈青城为笔名，向《山栀》投稿诗歌和俳句作品。拜川路柳虹为师，学习诗歌创作。这一时期的诗歌作品后来被整理成《十五岁诗集》。在《学习院辅仁会杂志》166期发表短篇小说《彩绘玻璃》。

昭和十六年（1941年）十六岁

三岛由纪夫获选担任《辅仁会杂志》主编，开始撰写中篇小说《鲜花盛开的森林》。在国文老师清水文雄的推荐下，开始在文学同人杂志《文艺文化》连载该小说。这也是他首次使用“三岛由纪夫”这个笔名发表作品。

昭和十七年（1942 年）十七岁

以第二名的成绩毕业于学习院中等科。4 月，升入学习院高等科文科乙类，主修德语。这一时期，他与《文艺文化》杂志的同人来往密切，由此受到日本浪漫派的间接影响。7 月，与友人共同创办文学杂志《赤绘》。11 月，在《文艺文化》上发表短篇小说《水面之月》。

昭和十八年（1943 年）十八岁

3 月，中篇小说《永世不存》在《文艺文化》上开始连载，同年 10 月完结。

昭和十九年（1944 年）十九岁

9 月，以第一名的成绩从学习院高等科毕业，受天皇表彰，被赠予银手表。10 月，进入东京大学法学部学习，主修德国法律。由七丈书院出版发行首部小说集《鲜花盛开的森林》，成为三岛由纪夫的出道作。

昭和二十年（1945 年）二十岁

2 月，在《文艺世纪》杂志上发表《中世（一）》；接受征兵检查，被判定为第二乙种合格，但入伍体检时罹患感冒，被军医误诊为肺病，后被遣送回乡。8 月，三岛在当时勤务的工厂撰写短篇小说《岬角物语》。8 月 15 日，日本宣布战败投降。四天后，三岛的好友莲田善明以陆军中尉的身份在马来半岛自杀。同年 10 月 23 日，妹妹美津子因伤寒病逝，年仅十七岁。

昭和二十一年（1946 年）二十一岁

1 月，开始执笔创作长篇小说《盗贼》。6 月，在川端康成的推荐下，三岛在川端所属的镰仓文库杂志《人间》发表短篇小说《烟草》，正式成为文坛一员。11 月，在《群像》杂志上发表《岬角物语》。12 月，在《人间》杂志上发表《中世（完）》。同年，结识太宰治。

昭和二十二年（1947 年）二十二岁

4 月，在《群像》上发表短篇小说《轻王子与衣通姬》，在《人间》上发表短篇小说《夜间准备》。11 月，从东京大学法学部毕业。12 月，通过高等文官考试，进入大藏省银行局任职；在《人间》上发表短篇小说《春子》。

昭和二十三年（1948 年）二十三岁

3 月，在《人间》杂志上发表评论《重症患者的凶器》；9 月，为了专心创作，三岛从大藏省辞职。11 月，在《人间》杂志发表第一部戏剧剧本《火宅》；同月，由真光社出版其第一部长篇小说《盗贼》。12 月，小说集《夜间准备》由镰仓文库出版。

昭和二十四年（1949 年）二十四岁

4 月，完成长篇小说《假面的告白》；7 月，该小说由河出书房正式出版。这是三岛由纪夫以专业作家的身份出版的第一部小说。8 月，作品集《群魔的通过》由河出书房出版。

昭和二十五年（1950 年）二十五岁

1 月，开始在《妇人公论》杂志上连载中篇小说《纯白之夜》，同年 10 月完结。6 月，由新潮社出版长篇小说《爱的渴望》。7 月，在《新潮》杂志上开始连载长篇小说《青色时代》，同年 12 月完结。8 月，在《人间》杂志发表戏剧作品《邯郸》。9 月，加入小林秀雄、中村光夫等文坛名人组织的“云之会”。该组织以演剧为中心展开活动。

昭和二十六年（1951 年）二十六岁

8 月 29 日，电影《纯白之夜》（大庭秀雄导演）上映，三岛由纪夫在片中担任特别出演，这也是他第一次作为演员登上大银幕。10 月，在《群像》杂志上开始连载长篇小说《禁色》；11 月，《禁色》（第一部）由新潮社出版。12 月，发表《夏子的冒险》（朝日新闻社刊）。同年 12 月 25 日，三岛获得朝日新闻特别通讯员的记者身份，从横滨港出发，开始了环游世界的旅行，主要游历了南北美、欧洲等国。次年 5 月 10 日返回日本。

昭和二十七年（1952 年）二十七岁

8 月，在《文学界》杂志开始连载长篇小说《秘乐》（《禁色》系列第二部），至次年 8 月完结，一个月后由新潮社出版。10 月，发表中篇小说《盛夏之死》；由朝日新闻社出版纪行文集《阿波罗之杯》。11 月，由河出书房出版新文学全集《三岛由纪夫集》。

昭和二十八年（1953 年）二十八岁

1 月，《夏子的冒险》由松竹大船摄影所电影化。2 月，小说集《盛夏之死》由创元社出版。3 月，长篇小说《日本制》由朝日新闻社出版。7 月，由新潮社出版《三岛由纪夫作品集》（全六卷）。同时，三岛由纪夫开始为长篇小说《潮骚》取材，拜访位于三重县的神岛。

昭和二十九年（1954 年）二十九岁

6 月，长篇小说《潮骚》由新潮社出版，并开始电影化的筹备。8 月，短篇小说《写诗的少年》在《文学界》杂志发表。10 月，《潮骚》由东宝电影公司拍摄完成并上映。小说与电影一经推出大受好评。11 月，三岛由纪夫成为新潮同人杂志奖评审委员。12 月，凭借《潮骚》荣获首届新潮社文学奖。

昭和三十年（1955 年）三十岁

这一时期，三岛由纪夫开始沉迷于身体改造，时常去健身房锻炼。同时，开始撰写长篇小说《金阁寺》。11 月，由讲谈社出版作品集《小说家的假期》。12 月，凭借《白蚁之巢》（同年 9 月发表于《文艺》杂志）获第二届岸田演剧奖。

昭和三十一年（1956 年）三十一岁

1 月开始在《新潮》杂志连载长篇小说《金阁寺》，同年 10 月完结，并由新潮社正式出版。4 月，戏剧集《近代能乐集》（新潮社刊）出版。8 月，英译版《潮骚》（*the Sound of Waves*）由美国克诺夫出版社出版，这是三岛由纪夫的作品第一次在海外发行，此后，三岛的众多作品被翻译成各国语言在海外出版。11 月，戏剧作品《鹿鸣馆》在文学座创立 20 周年的纪念会上公演。

昭和三十二年（1957 年）三十二岁

1 月，三岛由纪夫凭借《金阁寺》荣获第八届读卖文学奖。11 月，新潮社出版《三岛由纪夫选集》（全十九卷）。美国的日本文学家唐纳德·金将三岛的戏剧集《近代能乐集》翻译成英文（*Five Modern No Plays*），在美国出版，并邀请三岛到美国参观访问。三岛在密歇根大学发表了名为《日本文坛的现状与西洋文学间的关系》的演说，游历拉丁美洲后返回纽约长住，次年 1 月返回日本。11 月，《三岛由纪夫选集》（全十九卷）由新潮社出版。

昭和三十三年（1958 年）三十三岁

3 月至 10 月，一直在进行拳击训练。6 月，在川端康成的介绍下，三岛由纪夫与画家杉山宁的长女瑶子结婚。9 月，英译版《假面的告白》（*Confessions of a Mask*）出版。10 月，与大冈升平、中村光夫创办季刊《声》杂志，发表长篇小说《镜子之家》第一章、第二章。

昭和三十四年（1959 年）三十四岁

1 月，开始练习剑道。3 月，在《声》杂志发表戏剧作品《熊野》，由中央公论社出版评论集《不道德教育讲座》。5 月，英译版《金阁寺》（*The Temple of the Golden Pavilion*）由新方向出版社出版。6 月，长女纪子出生；随笔集《文章读本》由中央公论社出版，长篇小说《镜子之家》由新潮社出版。

昭和三十五年（1960 年）三十五岁

1 月，中篇小说《宴后》在《中央公论》杂志连载，于同年 10 月完结；戏剧作品《热带树》在《声》杂志发表。3 月，出演电影《风野郎》（增村保造导演），并演唱了自己作词的主题曲。7 月，发表戏剧作品《弱法师》。11 月，由新潮社出版《宴后》。12 月《忧国》在《小说中央公论》发表。

昭和三十六年（1961 年）三十六岁

3 月，前任外务大臣有田八郎以《宴后》侵犯个人隐私为由，起诉三岛由纪夫。4 月，三岛的剑道获得初段资格。12 月，戏剧作品《十日菊》在《文学界》杂志发表，三幕剧《黑蜥蜴》（江户川乱步原作）在《妇人画报》杂志发表。

昭和三十七年（1962 年）三十七岁

1 月，开始在《新潮》杂志连载《美丽的星》，同年 11 月完结。2 月，《十日菊》获第十三届读卖文学奖。3 月，由集英社出版新日本文学全集《三岛由纪夫集》，由新潮社出版《三岛由纪夫戏曲全集》。5 月，长子威一郎出生。10 月，由新潮社出版长篇小说《美丽的星》。12 月，主编《文艺读本 · 川端康成》并由河出书房出版。

昭和三十八年（1963年）三十八岁

1月，开始在《东京新闻》上连载《我的青春漫游时代》，同年5月完结。3月，三岛由纪夫与摄影师细江英公合作拍摄的写真集《蔷薇刑》由集英社出版发行。9月，长篇小说《午后曳航》由讲谈社出版。10月，在《新潮》杂志发表短篇小说《剑》。11月，三岛叫停了为文学座创作的戏剧《喜悦之琴》的演出，在《朝日新闻》发表《给文学座诸君的公开信》，宣布退出文学座。12月，小说集《剑》由讲谈社出版，由筑摩书房出版现代文学大系《三岛由纪夫集》。

昭和三十九年（1964年）三十九岁。

1月，在《群像》杂志连载《绢与明察》（同年10月完结，并由讲谈社出版），凭借该作品在同年11月斩获第六届每日艺术奖。7月，由集英社出版《三岛由纪夫自选集》。9月，针对诉讼中的《宴后》，东京地方法院判定原告胜诉，要求三岛由纪夫与新潮社向原告支付赔偿金。被告向东京高级法院提出上诉。（原告去世后，双方达成和解）

昭和四十年（1965 年）四十岁

1 月，在《展望》杂志上发表《现代文学三方向》。4 月，开始制作自编自演的电影《忧国》。7 月，在《朝日新闻》上发表《谷崎的文学世界》。9 月，开始在《新潮》杂志连载长篇小说《春雪》(《丰饶之海》系列第一部，1967 年 1 月完结）；英译版《午后曳航》(*the Sailor who fell from Grace with the Sea*）由新方向出版社出版。11 月，发表戏剧作品《萨德侯爵夫人》，并在《批评》杂志上连载文学评论《太阳与铁》。

昭和四十一年（1966 年）四十一岁

1 月，凭借《萨德侯爵夫人》获第二十届艺术祭演剧部奖；同月成为芥川奖评委。2 月，与安部公房对谈《二十世纪的文学》在《文艺》杂志上发表。4 月，由新潮社出版电影版《忧国》。6 月，《英灵之声》在《文艺》杂志上发表，并由河出书房新社出版作品集《英灵之声》。

昭和四十二年（1967 年）四十二岁

2 月，开始连载长篇小说《奔马》(《丰饶之海》系列第二部，翌年 8 月完结）。4 月，体验性地加入日本自卫队。7 月，开始练习空手道。

昭和四十三年（1968年）四十三岁

8月，获得剑道五段资格。9月，成立私人武装“盾会”；开始在《新潮》杂志连载长篇小说《晓寺》（《丰饶之海》系列第三部，1970年4月完结）。10月，评论集《太阳与铁》由讲谈社出版。

昭和四十四年（1969年）四十四岁

1月，《春雪》由新潮社出版。2月，《奔马》由新潮社出版。5月，《萨德侯爵夫人》由新潮社出版，《黑蜥蜴》由牧羊社出版。6月，三岛由纪夫出演电影《人斩》（五社英雄导演）。11月，在国立剧场屋顶举办“盾会”成立一周年纪念游行。

昭和四十五年（1970年）四十五岁

7月，由新潮社出版《晓寺》；开始在《新潮》杂志连载《天人五衰》（《丰饶之海》系列第四部，1971年1月完结）。11月25日，三岛由纪夫向新潮社交付《天人五衰》最终章原稿。26日零时十五分，在自卫队市之谷驻扎地东部总监室切腹自尽。

图书在版编目（CIP）数据
潮骚 /（日）三岛由纪夫著；汤丽珍译. —北京：现代出版社，2022.5
ISBN 978-7-5143-9048-3

Ⅰ. ①潮… Ⅱ. ①三…②汤… Ⅲ. ①中篇小说—日本—现代
Ⅳ. ①I313.45

中国版本图书馆CIP数据核字（2022）第027813号

潮　骚

作　　者：［日］三岛由纪夫
译　　者：汤丽珍
责任编辑：申　晶　朱文婷
出版发行：现代出版社
通信地址：北京市安定门外安华里504号
邮政编码：100011
电　　话：010-64267325　64245264（兼传真）
网　　址：www.1980xd.com
印　　刷：三河市中晟雅豪印务有限公司

开　　本：880mm×1230mm　1/32
印　　张：6.75
字　　数：107千字
版　　次：2022年5月第1版
印　　次：2022年5月第1次印刷
书　　号：ISBN 978-7-5143-9048-3
定　　价：49.80元